U0052971

英文成語典故

Tell Me Why

李佳琪　編著

三民書局

國家圖書館出版品預行編目資料

英文成語典故 Tell Me Why／李佳琪編著.－－修訂二版二刷.－－臺北市：三民，2020
面；　公分

ISBN 978-957-14-6511-1（平裝）
1. 英語 2. 成語

805.123　　　107019146

英文成語典故 Tell Me Why

編著者｜李佳琪
插畫設計｜李吳宏

發行人｜劉振強
出版者｜三民書局股份有限公司
地址｜臺北市復興北路 386 號 (復北門市)
臺北市重慶南路一段 61 號 (重南門市)
電話｜(02)25006600
網址｜三民網路書店 https://www.sanmin.com.tw

出版日期｜初版一刷 2004 年 1 月
修訂二版一刷 2019 年 1 月
修訂二版二刷 2020 年 6 月
書籍編號｜S804640
ISBN｜978-957-14-6511-1

給讀者的話

前陣子流感猖獗，一不小心我也就跟「流行」起來。原本和班上學生約定好體育課的羽球 PK 的小活動只好被迫取消。在和她們 LINE 的訊息裡，我寫道：「Sorry, girls. I am under the weather（身體不舒服）and I can't play badminton with you this afternoon. Can I take a rain check（改期）？」沒想到體育股長秒回訊息告訴我：「Lica 老師，別擔心！我們都幫你查過天氣預報了，今天下午不會下雨，是陽光普照的好天氣呢！」說罷，緊跟著的是許多同學留下的 + 1…原來女孩們大大誤解了我說的這一段話。

在學習英文的過程中，這些拆開來原本再熟悉不過的單詞，因為在不同情境中，搭配了不同的詞語，而形成不同慣用語讓人誤解的例子真是屢見不鮮！當然，對於學習英文的我們這群「老外」而言，無非是最大的挑戰，但也是趣味所在。因為這些慣用語，代表的其實是語言背後的文化與故事，而在經過時間的演化後，它們可能有了不一樣的涵義，因此 wild-goose chase（野鵝式的追逐）為什麼是指一個人「白費力氣」；而等待事情的後續發展時，又為什麼英文會說 wait for the other shoe to drop（等著另一隻鞋掉下來），就有了意義。

這一次的再版，除了增添了一些常用的慣用語，更搭配上實用的例句，以及生動又傳神的插畫，希望能夠讓所有英語學習者，不再需要去死背強記，而是從閱讀這本書中，了解其背後所蘊含的歷史背景與文化，並得到更多學習的樂趣；也希望這本書能夠提供教師們作為教學上實用的補充教材。

作者　謹識

目次

★a bolt from the blue

★a dime a dozen

★a little bird told me

★a piece of cake

★about face

★above board

★ace in the hole

★Achilles' heel

★acid test

★against the clock

★against the grain

★all thumbs

★all wet

★ants in sb.'s pants

★apple of sb.'s eye

★apple of Sodom

★apple-pie order

★armed to the teeth

★at sixes and sevens

★at the drop of a hat

 a bolt from the blue 晴天霹靂

a surprise

這裡的 blue 是指萬里無雲、晴朗的藍天，而這句成語更完整的說法為 a thunderbolt from a clear blue sky 。由於在蔚藍、晴朗的天空下不太可能有閃電，所以當有**令人震驚、突如其來的事發生**時，我們會說它像是「晴天出現的閃電」。

例 The news that they had got married was ***a bolt from the blue***. 他們已經結婚的消息真令人震驚。

 a dime a dozen 滿街都是

sth. is very common or of a low value

dime（十美分或一毛錢）是美國流通貨幣當中幣值最小的硬幣，於 1796 年開始鑄造。在十九世紀，人們開始使用 a dime a dozen 這個成語，按照字面翻譯的話是**一毛錢一打**，如果光用一毛錢就可以買到一打東西的話，想必是很普通且不值錢的東西，因此現今引申為**家常便飯、很平常的事**。

例 Nowadays, action movies like this one are ***a dime a dozen***. 現在，像這樣的動作片滿街都是。

a little bird told me　我聽說的

sb. who you are not going to name had told you sth. about another person

這裡的 little bird 指的是一種**祕密的消息管道**。許多人相信這句話起源於舊約聖經《傳道書》(*Ecclesiastes*)，裡頭有一段提到：「空中的鳥兒必傳揚這聲音，有翅膀的必述說這事。」所以當人們不想說出消息來源時，就會說 a little bird told me。另一種說法則認為它源於所羅門王時代。有一次所羅門王召集所有的鳥兒，但其中一種叫鳳頭麥雞 (Lapwing) 的小鳥竟然忘了出席！為了逃避處分，牠向所羅門王解釋：那是因為示巴女王 (the Queen of Sheba) 把牠找去，想藉由牠來安排朝覲的時間；同時就在所羅門王滿心期待時，鳳頭麥雞又趕緊向示巴女王表示所羅門王很想見她。而後據舊約聖經記載，示巴女王的確曾攜帶許多寶物朝覲所羅門王。後來人們就引用這個故事，以「小鳥」當作祕密消息的來源。

例　***A little bird told me*** that the boss had divorced.

我聽別人說老闆已經離婚了。

a piece of cake　輕而易舉

very easy

「一塊蛋糕」其實是西方人經常用來表示某件事**相當簡單、容易**的用語。其真正起源無法確知，但可以肯定的是早在 1936 年美國著名詩人納許 (Ogden Nash) 就在其詩作《享樂之路》(*Primrose Path*) 中提到「Her picture's in the papers now, and life's a piece of cake.（她的照片現在刊在報紙上，而生活不過是如此簡單。）」而二戰期間，英國皇家空軍在執行任務時，也用 a piece of cake 來形容這項任務很簡單。

例 We need not have worried about the English exam. It was ***a piece of cake***. 我們之前根本就不必擔心這次英文考試，它其實很簡單。

about face （方向、意見等）轉向

a change of direction; a complete change of sb.'s ideas, plans, or actions

這句成語源自美軍的常用口令，以往多為訓練士兵行軍時使用。當指揮官喊出「About face!」，士兵就必須轉身，面對 (face) 相反方向行走。後來我們就用它來表示**相反方向**；甚至有人把它引申為**對原有的立場或觀點有了徹底改變**。

例 Both papers did an ***about face*** and published a criticism of the candidate's actions. 這兩份報紙都改變了原有立場，對這個候選人的行為做出批評。

above board 光明正大

without any trickery

魔術師表演魔術或人們玩紙牌時，都會把手放在桌上，讓大家看清楚他們的動作 ，以免有作弊之嫌 。因此 above board 後來就引申為**光明正大**或**合法**之意。

例 The deal was completely ***above board***.
這筆交易完全是合法的。

ace in the hole　反敗為勝的王牌

sth. that can supply a sure victory when revealed

這句成語源自撲克牌遊戲。遊戲中被蓋住的牌稱作 a hole card，常扮演決定勝負的關鍵角色。如果翻出的那張是 ace（紙牌 A），玩家往往能夠扭轉局勢，因此 ace in the hole 就被用來表示**反敗為勝的王牌**或**備用應急的手段**。

例　A good negotiator always has more than one ***ace in the hole***.　談判高手總有數張王牌在手。

Achilles' heel　致命傷

a small fault in a person or system which might cause them to fail

當希臘神話英雄阿基里斯 (Achilles) 還是小嬰兒的時候，他的媽媽聽說只要浸泡過冥河 (Styx) 的水，就能有金剛不壞之身。為了讓阿基里斯刀槍不入，他的媽媽就抓住他的

腳後跟將他全身浸入冥河中，但由於被抓住的部分沒有入水，所以腳後跟就成了阿基里斯唯一的弱點，而最後被敵人用毒箭射中而死！於是後人就用 Achilles' heel 來表示**唯一的致命傷**或**弱點**。

例　His ***Achilles' heel*** was his pride.　驕傲是他唯一的弱點。

acid test 決定性的試驗

a test which will really prove the value, quality, or truth of sth.

以往利用硝酸 (nitric acid) 檢驗真金，是因為黃金對大部分的酸性物質都沒什麼反應，卻能跟硝酸起化學作用。久而久之，當我們要進行**能證明某人或某物價值的考驗**時，就會說這是 an acid test，如果能經得起考驗，絕對是品質保證囉！

例 The ***acid test*** for a politician is whether he can resist bribes.
能否抗拒賄賂對從政者而言是嚴格的考驗。

against the clock 分秒必爭

as fast as possible; before a deadline

此處的 against 有「對照」之意。起源於賽馬、田徑等競賽。在這些比賽項目中，參賽者的輸贏必須依計時的結果來決定，所以分分秒秒都是影響成敗的關鍵。因此當某人做事**分秒必爭**時，我們就說他像這些選手一樣，和時間競賽。

例 They are working ***against the clock*** to prepare their presentation. 他們正分秒必爭地準備演出。

against the grain 違背本意

contrary to custom or sb.'s inclination

這裡的 grain 特別指「木頭上的紋理」，而什麼又是「違反紋理」呢？每個木匠都知道，鋸木頭或刨木材必須順著木材的紋理來進行，如果逆向處理，這些木材會因此裂成碎片，失去其利用價值。所以後人就把 against the grain 引申為**違背**

自然意願或**違反本性**。

例 It goes ***against the grain*** with me.
這件事情跟我的本意背道而馳。

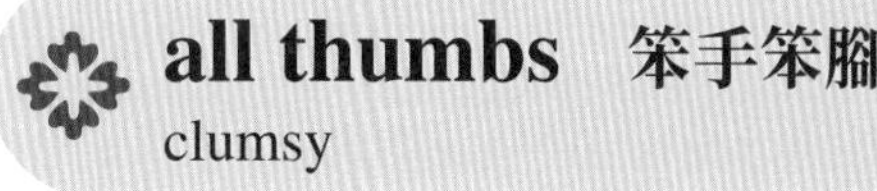

all thumbs　笨手笨腳
clumsy

想像一下，有一天你的五根手指全都變成了大拇指，你會怎麼樣呢？可能連一些平常覺得簡單的工作如掃地、拿東西、打電腦也都變得困難重重，所以說某人 all thumbs 時，就是說他**笨手笨腳**的意思囉！

例 When it comes to playing the piano, I am ***all thumbs***.
說到彈鋼琴，我可是笨手笨腳的。

all wet　大錯特錯
completely wrong

如果穿著濕答答的衣服，大多數人一定會感到不舒服吧！這也是為什麼每次一下雨，人們都會急著撐傘或找地方躲雨，以免被淋成落湯雞。因為這個緣故，all wet 會讓人聯想到不好、不舒服的情境，所以慢慢地就被引申為**大錯特錯**的意思。

例 Most doctors agreed that the scientific evidence in the report was simply ***all wet***.
大部分的醫師認為這篇報告中的科學證據是錯誤的。

ants in sb.'s pants　坐立難安
in a state of anxiety or impatience

如果你有被螞蟻咬的經驗，就知道那種又痛又癢的感覺實在不好受！特別當螞蟻們趁隙鑽進褲子裡時，更讓人抓也不是、不抓也不是，坐立不安到恨不得趕緊找個隱蔽處，脫下褲子把元兇抓出來捏死 ！ 所以在 1933 年美國陸軍上將休伊‧約翰遜 (Hugh S. Johnson) 就用「褲子裡有螞蟻」形容某人**沉不住氣、坐立難安**。

例 She has had ***ants in her pants*** all week, waiting for the exam results. 為了等待考試結果，她整週都坐立不安。

apple of sb.'s eye 珍愛的人(物)

one who sb. loves most and is very proud of

從古至今，眼睛被認為是靈魂之窗，理應受到良好的保護，而瞳孔更是眼睛裡最珍貴的部位。由於西方人認為瞳孔有著如蘋果般圓滾滾的形狀，所以 apple 的古英文就有 「瞳孔」的意思。舊約聖經《申命記》(*Deuteronomy*) 就曾經提及「...he guarded him as the apple of his eye... (…耶和華保護他，如同保護眼中的瞳人…)」後人引用聖經裡的說法，當要表示**極受珍愛且特別的人或物**，就會說他／它是「眼中的蘋果」。

例 His youngest daughter was the ***apple of his eye***.
他最小的女兒是他的掌上明珠。

apple of Sodom 虛有其表之物

sth. that is not worth its value

這句成語源自舊約聖經。所多瑪 (Sodom) 是遠古時代的一座城市，位於現今死海附近。那裡生長著一種十分高大的蘋果樹，果實鮮艷誘人，凡是經過的人都忍不住想摘一顆品嘗。但是當人們將蘋果摘下時，它就會立刻化為灰燼。根據傳說，這是因為所多瑪是個罪惡之城，上帝以此作為對其居民的懲罰。後人也借用這種蘋果來指一些表面上看起來美麗漂亮，卻無實際用途、也無真正價值的東西，猶如中國成語所說的「**金玉其外，敗絮其中**」。

例 Don't completely believe in advertisements because most of them are simply a lure for people to buy some ***apples of Sodom***. 不要太相信廣告，因為大部分的廣告只是想引誘人們購買華而不實的商品。

apple-pie order　井然有序

an impeccably neat and orderly arrangement or state

這句成語源自法文 nappés pliées ，意思是「摺好的床單」。因為看起來很像英文的 apple pie，所以人們漸漸地就用 apple-pie order 來表示東西像摺好的床單一樣**井然有序**。

例 Wendy kept all her belongings in ***apple-pie order***.
Wendy 總是把她的東西保持得井然有序。

armed to the teeth　全副武裝

heavily armed

如果一個人連牙齒都武裝起來，可見他已經有了萬全的防備。這句成語源於十七世紀的牙買加海盜，他們為了搶奪物品，不僅隨身攜帶刀及炸藥，還會把刀片藏在齒縫中以備不時之需，所以我們就用 armed to the teeth 表示具有**滴水不漏的防護**或**全副武裝**的意思。

例 Don't even think about going into this region unless you are ***armed to the teeth***.

除非你有萬全的防備，否則別想進入這個地區。

at sixes and sevens 亂七八糟

in a state of disorder or confusion

這句自十四世紀左右就開始流行的「老成語」了。由於它的歷史悠久，因此追溯它的來源，就有各家不同的說法：一是認為它由一種叫 hazard 的擲骰子賭博遊戲而來。這種骰子最大的點數是五和六，因此當時衍生出一句法文「set on cinque and sice」(下注五點和六點)。對玩這種骰子遊戲的賭徒來說，下注五點和六點是最冒險的，如果有人做這樣的賭注，就會被認為是胡亂下注。至於後來為什麼會被改成 at six and seven，有人認為投注過程讓人心情忐忑不安，因此賭徒擲骰子時，就開玩笑地喊出六和七這種根本不可能出現的數字；也有人認為因為六和七加起來是十三，代表不吉利的數字。無論原因為何，久而久之 at six and seven 反而取代了 at five and six，表示**混亂、沒有頭緒**的意思。一直到了十八世紀之後，這句用語成了複數的 at sixes and sevens，並引申為**心情七上八下**或**情況亂七八糟**的意思。另一說法則認為這句成語與 1327 年倫敦基爾特 (Guilds) 同業公會有關。由於當時貿易商必須按成立的先後順序向市長申請營業許可證，而在當時幾乎同時成立的 Taylor 和 Skinners 商會，就為了誰是第六家而爭了一百五十多年。一直到 1484 年，市長羅伯・比爾斯登士 (Sir Robert Billesden) 終於裁定讓兩家輪流占據第六和第七的位置，才結束了這一場鬧劇。也因為這個歷史背景，at six and seven 就被用來表示亂七八糟的情況。

例 We were ***at sixes and sevens*** for about a week after we moved in.

我們搬進來後，約有一週的時間東西都還亂七八糟的。

註 基爾特是在中世紀成立，一直延續到現代早期的倫敦同業公會。原先它只是一個宗教和貿易組織，後來到了1300年它的業務才漸漸分成經濟和宗教兩方面。

at the drop of a hat 立即

quickly and easily, without any preparation

這句成語源於美國西部拓荒時期。在當時的社會，男人間決鬥的風氣興盛。在兩人打鬥開始前，旁邊會有人扮演裁判的角色，只要這個裁判把帽子狠狠地往地上一摔，就馬上開始決鬥。漸漸地，這樣的傳統也流傳到一些運動競賽之中，人們藉著把帽子放低的動作，作為比賽開始的信號。如今雖然這種決鬥風氣已成歷史，但 at the drop of a hat 這句成語卻流傳下來，表示**立即、馬上行動**的意思。

例 If you need a babysitter immediately, call Mary, because she can come ***at the drop of a hat***.

如果你急需保姆，打電話給 Mary，她可以隨傳隨到。

★backhanded/left-handed compliment

★backseat driver

★badger sb.

★baker's dozen

★(when the) balloon goes up

★balls to the wall

★bandy words

★bark up the wrong tree

★basket case

★bean feast

★bear garden

★beat about/around the bush

★beat a retreat

★bed of roses

★bee in sb.'s bonnet

★bee's knees

★behind the eight ball

★below the belt

★bite the hand that feeds sb.

★(to the) bitter end

★black sheep (of the family)

★blackball sb.

★blow smoke

★Bob's your uncle

★bone up

★brand-new

★bread-and-butter letter

★break a leg

★bring home the bacon

★(the) buck stops here

★burn the candle at both ends

★burn the midnight oil

★bury/have/hide sb.'s head in the sand

★bury the hatchet

★buy the farm

★by and large

backhanded/left-handed compliment 似褒實貶的讚美

an insult concealed in an apparent compliment

這句話源於網球場。對大部分的網球選手來說，反手拍的打法通常比較吃力；而且就拉丁字源來看，backhanded 和 left-handed 是同義字，都有邪惡、不光明正大的意思，所以當有人給了一個**諷刺性的讚美**時，我們就會說它是 backhanded / left-handed compliment。

例 They gave me a ***backhanded compliment*** when they said I looked good for my age.

他們語帶諷刺地讚美我，說我看起來很適合我的年紀。

backseat driver 好管閒事者

sb. who tries to control things he/she is not really responsible for

相信開過車的人都有同感，載一個喜歡指揮你如何開車的乘客是多麼令人討厭！他的開車技術也許不比你高明，卻老愛在旁邊吱吱喳喳地告訴你該怎麼開車、該走哪條路，因此我們就用「後座的司機」來諷刺一些**自己不懂，卻又喜歡批評的局外人**。

例 Mike's a real ***backseat driver*** and I find it so irritating.
Mike 明明不懂，又愛亂批評，讓我很火大。

badger sb. 糾纏某人
to harry and harass sb.

這句用語源自十九世紀一個非常殘酷的遊戲。badger 原指一種叫獾的動物，有些人為了娛樂消遣，竟把這可憐的小東西放進木桶，然後以牠為餌，讓獵犬逗弄牠，伺機把牠拖出桶外。這個遊戲會一次又一次地重複，直到這隻獾死掉為止。所以當有人像獵犬逗弄獾般**不斷糾纏**、**騷擾**你時，我們就說 He / She badgers you。

例 The car salesman ***badgered me*** into buying a new car.
這名汽車推銷員一直纏著要我買輛新車。

baker's dozen 十三
thirteen

這句成語源自中世紀的英國。由於當時的居民以麵包為主食，為了怕麵包店占消費者便宜，所以政府以法律明定麵包的重量，如果麵包店老闆賣重量不足的麵包給消費者，一經檢舉，就會受到重罰。但以當時的技術而言，要製造統一重量的麵包實在不容易，為了避免受罰，當客人要買一打麵包時，麵包店老闆都會多給一個來確保重量足夠。因此後人就以 baker's dozen 來表示**十三**。

例 There're a ***baker's dozen*** of eggs in the basket.
籃子裡有十三個雞蛋。

(when the) balloon goes up
大難臨頭

an action (especially a trouble) begins

這句成語源於第一次世界大戰。當時若看到高空探測汽球升空，就表示很快會有猛烈的砲彈攻擊接踵而來；而到了第二次世界大戰，這種汽球更成了空襲來臨的信號，後來我們就用 the balloon goes up 表示**大難臨頭**的意思。

例 ***The balloon went up*** last Friday when the scandal became public.　當醜聞在上週五公開時，情況就變得很糟。

balls to the wall　全速前進；盡力

at full speed; with all-out effort

「碰到牆的球」指的是**全速前進**或**盡全力做某事**。這個片語的由來有兩種說法：一是認為這裡的「球」和飛機操縱桿有關。飛機上控制流向引擎燃料流量的是一個球狀把手，當飛行員要加速時，必須把球形把手推到最前面，幾乎要碰到駕駛座艙前的牆，因此才有這個片語的出現。另一種說法出自以前的蒸汽火車。蒸汽火車的燃料調節器上有兩個鋼球各連在兩根桿子的一端，火車行駛時引擎會驅動兩個鋼球轉動；火車開得越快，鋼球就轉動得越快，幾乎要碰到兩邊的金屬框架，於是人們利用此意象來表示「全速前進」或「盡力」。

例 If you study ***balls to the wall*** from now on, you might be able to pass your math test.

如果你從現在開始盡全力念書，也許就能通過數學測驗。

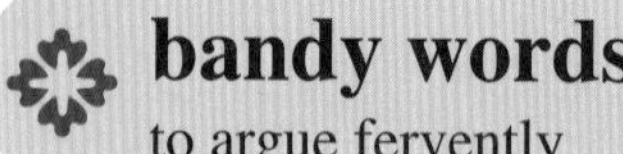

bandy words 爭論

to argue fervently

這個片語表示**熱烈地爭論**或**爭吵**的意思。bandy 一字源於古法文 bander，由早期的一種網球遊戲而來，表示「來回擊球」；後來到了十七世紀，bandy 變成愛爾蘭曲棍球遊戲的名稱。由於這種遊戲相當激烈，而且球員們必須用木棒相互傳球，於是這個字就衍生為言語間來回互相較勁的意思。

例 Because Ted has a very bad temper, he often ***bandies words*** with others.

Ted 因為脾氣不好，所以常跟人發生口角。

bark up the wrong tree 白費心機

to look in a wrong place for solution

這個說法源於美國人獵捕浣熊的方式。由於浣熊是夜行性動物且居住在樹上，所以獵人們要靠狗幫他們尋找浣熊。不過因為天色昏暗，獵犬常會「凸搥」，在沒有浣熊的樹下吠叫，所以人們就用這句成語表示**因弄錯目標而白費心思**。

例 New evidence suggests that we have been ***barking up the wrong tree*** in our search for a cure.

新的證據顯示，我們之前想要尋求解藥的方向錯誤。

basket case 無用的人(物)

sb. or sth. too impaired to function

原意是指**完全傷殘**或**無行動能力的人**。第一次世界大戰時，因戰爭失去四肢的軍人被安置在擔架上，而擔架的四周都有護欄，病患就像躺在「籃子」裡，因此才有這句用語出現。後來也有人將它衍生為**毫無能力的人**或**無用的東西**。

例 She'll never get a job. She's a ***basket case***.
她永遠找不到工作的，她是個無用的人。

bean feast 盛宴

a party or a social occasion

英國有個沿襲已久的習俗，就是每年老闆都要免費招待員工吃一頓豐盛的晚餐。由於菜單內大多是豆類 (bean) 料理，所以這樣的晚餐聚會就稱作 a bean feast。通常在這樣的場合裡，大家都是興致高昂，盡情玩樂，因此我們就用 a bean feast（或簡稱 a beano）來表示**歡慶會、盛宴**。

例 My sister is all dressed up because she will attend a ***bean feast***. 我妹妹盛裝參加宴會。

bear garden 喧鬧的場所

a very noisy and rowdy place

你可能會覺得奇怪，熊並不是群居動物，怎麼會聚集在花園裡呢？這句成語源於英王亨利八世時期。當時在市集、公園或園遊會 (garden party) 裡，大家喜歡玩一種「逗熊遊戲」：把熊綁起來，再放獵犬出來攻擊毫無抵抗能力的熊。這種遊戲在當時非常盛行，常吸引許多群眾聚集觀賞，a bear garden 便因此得名，並在後來引申為**嘈雜喧鬧的場所**。

例 The loud music and people's laughter make the party a ***bear garden***.
喧鬧的音樂和人們的笑聲讓這個派對很嘈雜。

beat about/around the bush
拐彎抹角

to avoid or delay talking about what is important

這句話源於十三、十四世紀。當時貴族雇請農奴做 beater，負責幫獵人在樹叢中敲敲打打，讓鳥兒因受驚嚇而飛上天空，方便獵人瞄準獵殺。由這個動作衍生出說話者不直接了當，以**拐彎抹角**的方式來表達自己的意思。

例 Why did you ***beat about the bush*** when asking for better wages? 你又何必拐彎抹角地要求加薪呢？

beat a retreat　打退堂鼓

to rapidly withdraw from sth.

這個片語由軍隊裡的儀式而來。打仗時要警告士兵及時撤退，通常會以擊鼓 (beat drums) 方式告知，所以後來 beat a retreat 就用來表示**拔腿溜掉**或**打退堂鼓**的意思。

例 When they saw the police coming, they ***beat a*** hasty ***retreat***. 他們看到警察來了，就匆匆逃走。

bed of roses　安逸舒適的生活(境遇)

a comfortable or easy situation

所謂「玫瑰花床」指的就是猶如以玫瑰點綴為床的「**美麗人生**」。而為什麼這句成語要使用玫瑰而不以其他的花做隱喻呢？因為玫瑰花的美麗、香味和顏色在西方被視為「美好」的象徵，也有許多關於它的傳奇故事。也有人說這句成語的來源和古希臘城邦的錫巴里斯 (Sybarite) 人民的生活有關。相傳錫巴里斯人民過著非常安逸奢華的生活，甚至要把玫瑰花瓣撒在床上才能入睡。由於一般人幾乎不太可能擁有這種仙境般的生活，所以這個用語常用在否定句 (no bed of roses)，表示人生並非事事都能如意。

例 It's for sure that raising two kids on one salary is no ***bed of roses***. 可以確定的是，只靠一份薪水要養兩個小孩並不是件輕鬆的事。

bee in sb.'s bonnet 奇思怪想

an eccentric notion

這個用語是由英國詩人海立克 (Robert Herrick) 的詩《瘋狂少女之歌》(*The Mad Maid's Song*) 而來。詩中提到少女突發奇想，認為蜜蜂帶走了她的愛人，所以她整天想把蜜蜂找出來，甚至懷疑別人的帽子裡就藏著蜜蜂。後來人們就引用「帽中的蜜蜂」來表示**奇怪、不尋常的思想**。

例 My brother has a ***bee in his bonnet*** about modern art.
我弟弟對現代藝術有一套獨特的見解。

bee's knees 極好的人(物)

sb. or sth. that is very good

通常蜜蜂在採集花粉時，會先將花粉裝在後腳膝蓋附近的袋狀部位裡，等收集完畢再帶回蜂巢中，所以在蜜蜂的膝蓋附近常能找到牠們精選的花粉，於是人們就用 bee's knees 來指稱**非常棒的人或物**。

例 Jimmy was voted the model student at school. Now he thinks he's the ***bee's knees***.

Jimmy 在學校被選為模範生。他覺得自己很優秀。

behind the eight ball

陷入困境

in a difficult situation and unable to make progress

此片語是由一種撞球比賽的規定而來。撞球臺上的每一顆球都有編號，所有參賽者須按照編號順序用母球將這些球擊落球袋，若母球不小心先撞到編號八號的黑球，那麼參賽者可能會因為犯規而輸掉比賽。當目標球位於八號球後方時，參賽者會有不小心擊中八號球的風險，因此被視為危險地帶。久而久之，人們就用「在八號球之後」表示**陷入困境**。

例 The police are now ***behind the eight ball*** because they cannot find more leads on these burglaries. 警方陷入了僵局，因為他們找不出更多有關這些竊案的線索。

below the belt

不公平

cruel and unfair

致力倡導拳擊運動的英國人傑克・鮑頓 (Jack Broughton)，在 1743 年訂定了世界最早的拳擊運動比賽規則，規定參賽者不得攻擊對手腰帶以下的部位，否則視同犯規，因此 below the belt 就用來表示**不正當、不公平**的意思。

例 Her remark was a bit ***below the belt***.
她的話有點不公正。

bite the hand that feeds sb.

忘恩負義

to show ingratitude to sb. who deserves thanks

這句成語就是中文所說「狗咬呂洞賓，不識好人心」，有關這句話的最早紀錄是英國著名作家愛迪生 (Joseph Addison) 於 1711 年，在他創辦的刊物《觀察者》(*The Spectator*) 中所使用的。即使主人細心餵養小狗，有時獸性大發的狗還是會反咬主人一口，因此西方人就用這句話來形容某人**忘恩負義、恩將仇報**。

例 Leaving the company after they've spent three years training you—it's a bit like ***biting the hand that feeds you***. 在公司訓練你三年後就離開，這實在是有點忘恩負義。

(to the) bitter end 堅持到底

to continue until the end, in spite of difficulties

這個慣用語跟帆船有關。當大帆船接近目的地時，船員會先拋出錨鏈或錨纜讓船固定。這些錨纜的一端正繫在船甲板的纜柱 (bitt) 上，當所有的纜繩都被拋下去時，就只剩連接纜柱這端的部分 (the bitter end) 還留在船上。因此，後人就用 to the bitter end 來表示做一件事能**堅持到最後**。

例 Many climbers gave up before they reached the summit, but I was determined to stick it out ***to the bitter end***. 很多登山者在到達峰頂前就放棄了，但我決定堅持到最後。

black sheep (of the family)

害群之馬

a worthless or disgraced member (of the family)

這個用語源於 1550 年代的流行民謠。對當時牧羊人而言，黑色綿羊的毛很難隨意染成別的顏色，所以價值比白色綿羊低；除此之外，黑羊也被視為擾亂羊群的破壞分子，所以歌謠中把黑羊形容成卑劣的畜生。而後人也引用這首歌詞，把 black sheep 引申作**有辱家風的人**或**團體中的害群之馬**。

例 They say I'm the ***black sheep of the family*** because I decided to be an actor.

只因為我決定要當演員，他們就說我有辱家風。

blackball sb.

排擠某人

to vote against allowing sb. to be a member of a group or a club

這個說法可追溯至十八世紀有許多俱樂部的年代。當時要加入俱樂部成為會員，必須由該委員會「投球」決定，以白球表示贊成，黑球表示反對。當黑球的數量到達一定的比例，該申請就會被否決。後來人們就用 blackball sb. 表示**投反對票阻止某人成為社團一員**或**排擠某人**的意思。

例 He was ***blackballed*** by the committee because of his recent scandal. 他因最近的醜聞而被委員會駁回入會申請。

 blow smoke 虛張聲勢
to speak idly, misleadingly, or boastfully

當有人在你面前「吹煙」時，你可要小心，他可能正在虛張聲勢、引你受騙！魔術師在表演魔術時，常會使用煙霧來製造朦朧的效果，利用障眼法讓他們的魔術更為逼真，於是我們就用 blow smoke 表示某人**虛張聲勢**。

例 Do you really want to buy this expensive house or are you just ***blowing smoke***?
你是真的想買這間昂貴的房子，還是只是虛張聲勢？

 Bob's your uncle 一切沒問題
everything will be simple and successful

如果有人對你說 Bob's your uncle，你可千萬別回答：「我沒有叫 Bob 的叔叔」，因為這句話其實是**某件事很容易達成**的意思。它的來源和 1890 年代英國最為人詬病的人事任命制度有關 。當時被指派擔任愛爾蘭外務大臣的阿瑟・貝爾福 (Arthur Balfour)，不僅年輕氣盛、經驗又不足，雖然大家都認為阿瑟根本不適合擔任如此重要的職位，不過由於他的叔叔是連任三屆英國首相兼外交大臣的羅伯特・塞西爾 (Robert Cecil，Robert 的英文暱稱為 Bob)，縱使阿瑟能力受人質疑，還是在政壇上一路平步青雲。也因為如此，當人們在嘲諷一些「走後門」的人，就會使用這句話。後來這句話更被引申為**一切沒問題**的意思。

例 The car mechanic said, "All you need to do is change your air filter and ***Bob's your uncle***, the car will run smoothly again.” 這個汽車維修員說：「只要你換掉空氣濾清器，一切就會沒問題，車子馬上又能跑得很順暢。」

bone up （在短時間內）努力研讀

to study, usually in preparation for a test

這句話通常用在學生身上。在十九世紀中葉，西方學生的古典文學課本統一由同一家公司出版，因為這家公司的老闆姓 Bohn，與 bone 同音，所以當學生想**在短時間內溫習功課以應付考試**時，就會說「Let's bone up!」

例 He spent few days ***boning up*** on biology.
他花了幾天的時間研讀生物學。

brand-new 全新的

completely new

很多人把 brand-new 誤以為 new-brand，認為這裡的 brand 是指一種商標或牌子，但事實並非如此！在古英語中，brand 原來是 burning wood 或 fire 的意思。鑄造金屬時，剛從火爐裡冶鍊出來的都是熱騰騰、嶄新的產品，因此莎士比亞 (William Shakespeare) 就在他的著作《第十二夜》(*Twelfth Night*) 中，用 fire-new 表示「全新」的意思。後來又因為西方許多葡萄酒商，喜歡在酒釀造完成時，用熱鐵把他們的商標烙印在酒桶上，漸漸地 brand-new 就被用來指**全新、未使用過的東西**。

例 How can Tom afford to buy himself a ***brand-new*** car?
Tom 怎麼買得起那部新車？

bread-and-butter letter
感謝款待的信
a thank-you letter from a guest to a host

所謂「奶油麵包信」其實就是**接受款待後，寫給主人的感謝函**。如同我們常聽到的「愛情與麵包」，麵包就是西方人不可或缺的主食，因此他們在比喻吃飯等基本民生問題時，常以麵包當作代名詞。至於「塗上奶油的麵包」對西方人而言更是美味，能在飯桌上吃到，總能讓客人感受主人款待的誠意。於是西方人通常會在接受主人殷勤招待後，寄出「感謝款待函」，並以 bread-and-butter letter 稱呼它。

例 I sent Maggie a ***bread-and-butter letter*** to thank her for her invitation to dinner last night.
我寄了一張感謝函給 Maggie，謝謝她昨天的晚餐邀約。

break a leg
祝好運
to wish sb. good luck

這個片語源於古代的一個迷信。當時人們非常相信精靈的存在，而這些精靈最喜歡找人麻煩、製造爭端；如果你許了一個願望，他們就會故意讓相反的事發生。於是人們要**祝某人好運**時，就會故意說：「祝你跌斷一條腿」，希望藉此騙過這些精靈，讓好的事情發生。

例 ***Break a leg*** in your test today.　祝你今天考試順利。

bring home the bacon
維持生計；為某些人帶來好處
to earn money for living

這個成語在英、美分別有不同的說法。第一種說法是英國艾塞克斯郡 (Essex) 的鄧莫鎮 (Great Dunmow) 當地有對夫妻，因為向修道院副院長表示他們婚姻的忠貞，因而得到了煙燻豬肉作為獎賞。這項古老的儀式也一直流傳下來，只要夫妻展現出他們的忠誠，便會得到獎勵。另一種說法是源於美國鄉村的抓豬大賽，參加者必須赤手空拳地抓住全身油滑的大肥豬，獲勝者就可以將大肥豬當成獎賞帶回家。不管是哪一種說法，「把培根帶回家」都表達出**得到獎勵**或**為某些人帶來好處**的意思，而後也引申為**養家餬口**。

例 Being the master of the family, he has to ***bring home the bacon***. 作為一家之主，他必須維持生計。

(the) buck stops here
能負全責者在此
the ultimate responsibility rests here

這句話引自美國總統哈瑞・杜魯門 (Harry Truman) 放置在白宮辦公桌上的一句標語。以前玩撲克牌遊戲時，莊家面前會擺著一個鹿角 (buckhorn) 製的小刀提醒他責任所在。因為杜魯門也是位撲克牌玩家，他巧妙地把牌桌上的規則用在治國原則上，期許自己一旦當上了總統，就要扛下所有責任，不會再把責任往別處推。後來這句成語就引申為**能負全責者在此**。(參考 pass the buck 一詞)

例 As the principal of this school, I would like everyone to know that ***the buck stops here***.

身為學校校長，我希望大家知道我會擔起所有責任。

burn the candle at both ends
操勞過度

to work for many hours without getting enough rest

這句成語翻譯自法文，出現在還未發明電燈的年代。因為蠟燭的燭光並不強，為了增加亮度，有人會橫放蠟燭並將中間固定，然後同時點燃蠟燭的兩頭。可是這樣的結果是：雖然光線增加了，但這根兩頭燒的蠟燭卻更快燒盡！後來當我們表示某人**因工作忘了休息，而過度消耗體力或精力**時，就會用「蠟燭兩頭燒」比喻。

例 Since this new project started, I've been ***burning the candle at both ends***.

自從這新案子開始後，我就一直過勞。

burn the midnight oil　熬夜

to work very late into the night

這句話引用自十七世紀英國詩人法蘭西斯・奎爾斯 (Francis Quarles) 相當受歡迎的作品《徽章》(*Emblems*)。當時人們想在夜晚讀書或工作，只能使用油燈照明，因此這位詩人就在他深夜埋頭工作時，有感而發地寫下：「We spend our midday sweat, our midnight oil; We tire the night in thought, the day in toil.」表示自己在白天或深夜都得燃燒油燈，流汗工作。後來當某人日以繼夜地工作時，我們就會說他「連半夜也要燃燒燈油」，而慢慢地這種說法也就被用來指**熬夜**。

例 I've got to get this report finished by tomorrow, so I guess I'll be ***burning the midnight oil*** tonight.

我得在明天之前趕完這個報告，所以我想今晚得熬夜了。

bury/have/hide sb.'s head in the sand

逃避問題

to refuse to face sth. by pretending not to see it

這句話就如同中文所說的「鴕鳥心態」，是指**遇到問題，只知逃避現實**的意思。西方人相信，當鴕鳥遇到危險時就會把頭鑽進沙裡，以為看不到危險就安全了。但事實上鴕鳥不但聰明，還是個飛毛腿，一旦遇到敵人襲擊，還能以高速逃生；萬一發現逃不了，牠們也會靜靜地躺在地上盡量不讓敵人發現。至於把頭埋進沙堆裡，只是因為牠們必須吃些砂石幫助消化罷了。不過這句話已經普遍被用來表示**逃避問題的行為**。

例 It is no use to ***bury your head in the sand***; you know quite well that sooner or later people will find out the truth.

你逃避問題是沒用的，你很清楚人家遲早會發現真相。

bury the hatchet
和解
to stop quarreling and become reconciled

這個片語是由美國印第安人的傳統而來。當這些印第安人與他人達成和平協議時，酋長就會把他隨身當作武器的短柄小斧頭 (hatchet) 埋起來，象徵爭執結束，後來我們就用 bury the hatchet 這個習俗表示**和解**。

例 After their long argument, the two brothers have at last ***buried the hatchet***. 長期爭吵之後，兄弟倆終於和解了。

buy the farm
死亡
to die

當我們說某人「買了田」，就表示他已經**不在人間**了！這句成語源於二戰期間，當時政府會幫正在服役的空軍投保高額壽險，而這些軍人大部分是未婚的年輕人，而且來自務農的家庭，所謂的「買田」是指當他們為國捐軀後，他們的父母成了保險受益人，而能利用這筆錢買下一塊地。不過也有人認為這句成語是軍人間的黑色幽默！由於大戰期間許多軍人的願望是在戰後返家買塊地安頓下來，所以當他們不幸陣亡，他們的同袍就會說：「現在他終於買一塊地了！」

例 Peter ***bought the farm*** five years ago——died of heart attack. Peter 五年前因為心臟病發去世。

by and large 大體而言

in general; on the whole

這個片語是由水手間的行話而來。在以往帆船完全依賴「風」航行的年代，船長若喊：「by the wind」表示船橫樑前是逆風，提醒水手趕快拉緊船身；而當船的速度落後時，船長又會喊：「Sailing large」，提醒水手們順風全速前進。若航員能把 by 和 large 這兩個方法控制得當，那大致上都能把船開往任何方向，於是後人就用 by and large 表示**一般來說**、**大體而言**的意思。

例 ***By and large***, your idea is a good one.

大體而言，你的想法很不錯。

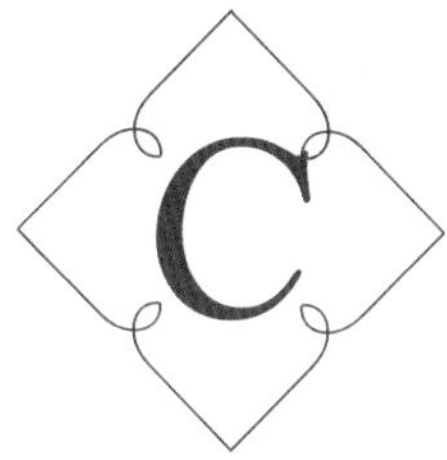

★call a spade a spade

★can't hold a candle to sb./sth.

★carry/have a chip on sb.'s shoulder

★carry coals to Newcastle

★carry the can

★catbird seat

★catch-22

★chance sb.'s arm

★change/swap horses in midstream

★charley horse

★chew the fat

★chip in

★chop and change

★clean bill of health

★(as) clear as a bell

★close, but no cigar

★cloud-cuckoo-land

★cock and bull story

★cook with gas

★(as) cool as a cucumber

★count sb.'s chickens before they're hatched

★cross sb.'s fingers/keep sb.'s fingers crossed

★cut the mustard

call a spade a spade

直言不諱

to describe sth. as it really is

spade 在這裡是「鍬」或「鏟」的意思。這句成語是英文借外來語，輾轉變形而來的代表。它最早來自希臘喜劇作家米南德 (Menander) 的文章段落 ：「...I know all and speak what I know whether it be good or evil; I call a fig a fig and a kneading-trough a kneading-trough.」原意是一個喜歡直話直說的人描述自己「無論好壞，有什麼就說什麼」的個性。後來因為翻譯的關係，kneading-trough 被誤譯為 spade，久而久之大家就用這句成語來形容一個人**直言不諱**。

例 My wife always ***calls a spade a spade*** about her work situation. 我太太對她的工作情況總是直言不諱。

註 米南德（約西元前 343– 前 291 年），是古希臘新喜劇詩人。所謂的「新喜劇」，情節總繞著愛情命運打轉，劇中人物通常是普通的平凡人，其風格詼諧文雅，非常能反映出希臘化時代文化中四海一家的特性。

can’t hold a candle to sb./sth.

遠不如某人(物)

to be inferior to sb. or sth.

這句成語出現在尚未發明電燈前，想在夜間工作，身旁就必須有人手持蠟燭幫忙照明，而這種工作通常是由一些地位較低下的人來做。所以當我們說某人連擔任「捧蠟燭」這種簡單任務都不夠資格時，就表示他的**能力或地位遠不如人**。

例 When it comes to performance, John ***can’t hold a candle to*** Andy.　說到表現能力，John 遠不及 Andy。

carry/have a chip on sb.’s shoulder　好鬥

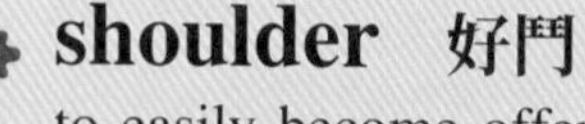

to easily become offended or angry because of what happened in the past

「肩膀上的木片」這個片語源自十九世紀的美國。血氣方剛的年輕人，由於心裡的煩悶無處發洩，就會在肩膀上擺一木片挑釁別人，表示如果有人膽敢撥走他們肩上的木片，那麼一場打鬥就即將展開。後來「肩膀上有木片」(carry/have a chip on sb.’s shoulder)，就被用來表示**好鬥**或**(覺得受到不公平待遇而)發怒**。

例 Whenever I try to talk to my brother, he always seems to ***have a chip on his shoulder***.

每次我跟弟弟說話，他就像要跟我吵架似的。

carry coals to Newcastle　多此一舉

to do sth. unnecessary

紐卡索 (Newcastle) 是英格蘭北部一個非常有名的煤礦區，同時也是英國第一個煤礦出口港，如果還有人要運煤到那兒去，那真是「多此一舉」了。不過在英文裡，除了可以用這句話來表達**多此一舉**、**白費心機**外，也有人用 carry owls to Athens 表示。因為雅典是貓頭鷹的盛產地，連這個地方的守護神也是貓頭鷹，如果你再把貓頭鷹送到那兒，不就是多此一舉嘛！

例 Tom is a shoemaker. Therefore, giving him shoes as a present is like ***carrying coals to Newcastle***.

Tom 是個鞋匠，所以送他鞋子當禮物是多此一舉。

carry the can　代人受過

to take responsibility; to take the blame (for another's error)

這裡的 can 是指「酒罐」，而最早開始使用這個片語的是 1920 年代後期的英國皇家海軍艦隊。當時軍隊裡最吃力不討好的工作，就是幫忙拿酒。雖然有酒可暢飲，但是幾乎沒人會對拿酒的人表達感謝；而若你少拿了酒或不小心打翻了酒罐，那可會被弟兄們大加撻伐，嫌你不夠周到。後來我們就用「搬罐子」表示要某人**承擔責任**，或**成為代罪羔羊**。

例 When the manager makes serious mistakes, his subordinates are often expected to ***carry the can***.

當經理犯了嚴重的過錯，部屬常成為代罪羔羊。

catbird seat 優勢
a highly advantaged position

catbird 是一種會發出貓叫聲的仿聲鳥，常棲息於樹上最高處。此片語最早是由美國道奇棒球隊 (Brooklyn Dodgers) 的著名播報員瑞德・巴柏 (Red Barber) 在評論球賽時所使用。據他自己的解釋，他會用「in the catbird seat」形容處於優勢的球隊，是因為有一次他在玩撲克牌遊戲時，贏了他的對手曾誇口說：「一開始我就占了上風。(From the start I was sitting in the catbird seat.)」 而後美國著名的幽默作家 James Thurber 也在 1942 年寫了一本短篇故事 *The Catbird Seat*，這個片語才被普遍用來指一些比較**有利、有權勢的處境或地位**。

例 Some might describe Bill Gates as sitting in the ***catbird seat***. 有些人形容 Bill Gates 處於位高權重的地位。

catch-22 進退兩難的境地
an illogical problem or situation; dilemma

Catch-22 原是美國著名黑色幽默作家約瑟夫・海勒 (Joseph Heller) 於 1961 年發表的一部小說。這本書主要描寫二次大戰期間，有個叫尤沙林 (Yussarian) 的駐義大利空軍成員認為自己瘋了，無法擔任轟炸的飛行任務，所以想依法提出申請。但依軍法第二十二條規定，除非他能向上司證明自己有精神病，才可以獲免執行危險的飛行任務；可是如果他真能提出申請，那不就表示他還神智清楚，才能判斷出任務的危險性嗎？於是 Catch-22 這種互相矛盾的規定就被用來表示**進退兩難的困境**或**無法克服的麻煩**。

例 I have to go to graduate school to earn more money, but I need more money before I can go to graduate school. It's a ***catch-22***. 我必須念研究所才能賺更多錢，但我必須先有多一點錢才能念研究所。這真是進退兩難。

chance sb.'s arm 冒險一試

to take a risk

這個片語的來源有兩種說法：一是認為它和拳擊運動有關，當選手出拳時，身體就會少一隻手防備，而有遭受對方攻擊的危險；另一種說法則認為，這句話是由愛爾蘭歐蒙德 (Ormond) 和基爾戴爾 (Kildare) 兩大家族鬥爭的議和過程而來。在 1492 年，歐蒙德因一次戰鬥失利，逃到都柏林的聖派翠克教堂避難，沒想到仍被基爾戴爾的手下發現而遭到包圍。此時的基爾戴爾已厭倦了這樣的爭鬥，於是邀歐蒙德由教堂大門出來議和，為了表現自己的誠意，他甚至先在門上挖洞，把自己的一隻手臂伸進去。歐蒙德為此舉大受感動，從此兩家的仇恨也就在不流血的情況下化解了 。 後來 chance sb.'s arm 就被用來指**冒險一試**。

例 Joyce quit her present job just to ***chance her arm*** at stardom. Joyce 辭去現職，以求在演藝事業放手一搏。

change/swap horses in midstream 臨陣換將

to change (loyalty, method, etc.) at a difficult moment

「中途換馬」這句話源自一位荷蘭農夫口中，它真正開始被普遍使用 ， 是因為美國總統林肯 (Abraham Lincoln) 在

1864 年競選連任時引用了這一段話。當時南北戰爭仍如火如荼地進行，由於不少人不滿林肯處理戰爭的態度，開始鼓譟更換總統，而林肯這時在他的競選演說中強調，如果在國家危急時更換領導人，就像在過河的中途臨時換馬，對整個國家局勢只有百害而無一利。這樣的訴求打動了當時美國人的心，後來「中途換馬」便被用來指**臨陣換將**或**中途改變策略**。

例 I decided to ***change horses in midstream*** to make sure everything goes right.
我決定中途改變策略以控制整個情況。

charley horse 抽筋
a cramp or stiffness in sb.'s muscles

這個片語的來源眾說紛紜，其中較讓人採信的說法認為，charley 指的是美國一位著名的投手查爾斯・拉伯恩 (Charles Radbourne)，綽號叫 Old Hoss，因為當時他在比賽中常會肌肉抽筋，看起來就像一隻跛腳的馬在運動場上跑似的，後來人們就將他的名字 Charles 和綽號 Hoss（音似 horse）放在一塊兒，用 charley horse 表示**肌肉痙攣**的毛病。

例 After working in the garden for a while, I got a bad ***charley horse***. 在花園工作一會兒之後，我的肌肉嚴重地痙攣。

chew the fat 閒聊
to make friendly conversations

這個片語是由印紐特人 (Inuit) 的生活習俗而來。地處寒帶的印紐特人，平常多以漁獵和採集為生。他們閒來無事喜歡把捕來鯨魚身上的鯨脂 (fat) 切成一片片放在嘴巴裡嚼，因為鯨脂又厚又不容易融化，當他們要打發時間時，這些鯨脂就成了他們最佳的「口香糖」。後來當有人為消磨時間而與人**閒聊**時，我們就會說他們在 chew the fat。

例 The old lady meets with her neighbors to ***chew the fat*** every morning.
這位老太太每天早上都和鄰居們聚在一起閒聊。

chip in 出錢
to make a contribution

chip in 原是牌桌上的用語，chip 指的是紙牌遊戲用的塑膠籌碼。在撲克牌遊戲中，下注 (chip in) 時大多以這種塑膠籌碼代替現金，之後我們就用它表示**捐助、出錢**。要附加說明的是另一個相關成語 when the chips are down，由於下注時籌碼一旦離手，便是決定輸贏的時候，所以我們就用這句話表示「事情的關鍵時刻」。

例 They all ***chipped in*** some money to help the homeless.
他們一起捐了一些錢來幫助這些無家可歸的人。
She can smile even ***when the chips are down***.
她在緊急關頭仍可以保持微笑。

chop and change 反覆無常
to change constantly

這個片語可追溯至十五世紀，用來表達某人**朝三暮四、反覆無常**。在當時 chop 並不是「砍」或「切」的意思，而是表示 「交換 ; 調換」。 在以往以物易物的年代 ， 這個字和 change 是同義字，都是兌換商品時的慣用語，時間一久，大家就用這兩個字來強調事情的變化無常。

例 He is not to be trusted; he is always ***chopping and changing***. 他是個不可靠的人，因為他總是反覆無常。

clean bill of health 健康檢查證書

a report that says sb. is in good health

這個片語源於十九世紀初。由於當時許多國家擔心船員在外地航行後，會感染一些傳染病帶回國內，於是要求船員必須通過健康檢查，得到合格的健康證書 (bill of health) 後才准上岸。後來當我們說某人**健康狀況良好**時，就會說他已經得到 a clean bill of health。

例 I visited the doctor today and was given a ***clean bill of health***. 我今天看了醫生，知道自己健康狀況良好。

(as) clear as a bell 極為清晰

very clear

這裡的 bell 是指教堂裡聲音如雷貫耳的大鐘。在還沒有發明擴音器的年代，因為教堂的鐘聲具有「響徹雲霄」的音量，所以每當村子裡要舉行集會時，就會敲這種大鐘來召集村民。之後在 1910 年，美國一家有名的留聲機製造公司就利用這樣的歷史背景，以 clear as a bell 為口號來強調產品音質清晰。所以當我們要強調某個傳達出來的訊息**極為清楚**時，就會說它像鐘聲一樣清晰。

例 You don't have to repeat yourself. Your message is ***as clear as a bell***. 你不必再重複了，你已經說得很清楚。

close, but no cigar 與成功擦身而過

a narrowly missed success

在十九世紀的美國常舉辦園遊會，有很多比賽項目如射擊、扔球、賽跑等的優勝獎品就是雪茄；甚至連吃角子老虎機也常用雪茄當作獎品。即使你在比賽時，表現得和優勝者幾乎不相上下，但輸了就是輸了，就是沒有雪茄可拿。後來當我們要形容**任何事情本來差點就可以成功**時，就會說 close, but no cigar。

例 That free throw was ***close, but no cigar***.

那個罰球差一點就進了。

cloud-cuckoo-land 幻境

impossible and foolish idealistic world

你可能看過《飛躍杜鵑窩》(*One Flew Over the Cuckoo's Nest*) 這部由同名小說改編而成的電影。片名中 cuckoo's nest 是指精神病院，與 cloud-cuckoo-land 這個片語有異曲同工之妙。這個片語源於古希臘喜劇作家亞里斯多芬尼 (Aristophanes) 的作品《鳥》(*The Birds*)。這部劇作主要描述一個由杜鵑鳥 (cuckoo) 建立的王國裡發生的事，而這個王國正是分隔上帝與人類之間脫離現實的幻境。後來西方人以這個作品為背景，用「有雲有杜鵑的地方」來形容某人身處**脫離現實的幻境**。

例 He is said to live in the ***cloud-cuckoo-land*** because of his idea about flying cars.

他提出關於「飛車」的想法，而被視為不切實際。

註 亞里斯多芬尼被稱作「希臘喜劇之父」，他經常在劇作裡模仿同時代的其他作家，如好友蘇格拉底 (Socrate)，並順便調侃他們一番，以娛樂眾人。在他僅存的作品中，可看出他以滑稽、逗趣、才智及雙關語的手法，在字裡行間似不經意、卻有意地抨擊當時的文學、教育、音樂、哲學的新趨勢。

cock and bull story

無稽之談

an unbelievable story told as true; nonsense

如果有人對你說他聽到一個 cock and bull story，你可千萬別以為那是什麼「公雞公牛的故事」，因為它其實指的是**荒誕無稽的事情**！這句成語的來源有各種不同說法，較為人採信的有二：一是認為它跟寓言故事有關。因為在這些故事裡，動物們如獅子、公雞、公牛等都被描寫成和人一樣能說話，可是講究實際的人卻認為它們實在是荒誕透了，於是才用「公雞與公牛的故事」暗指無稽之談。另一種說法則認為「cock」和「bull」分別是十八世紀末英國白金漢郡內著名的小旅館。當時旅客如要往返倫敦及伯明罕市，一定得在這兩個旅館休息。因為來往的人多，又在此飲酒作樂，所以常有一些荒誕、不足以採信的故事傳出。之後我們就用 cock and bull story 來表示**無稽之談**。

例 When the chairman asked for an explanation, all he got from the manager was some ***cock and bull story***. 當董事長要求經理提出解釋時，他得到的只是某個荒誕的說法。

cook with gas　做某事很順手

to do sth. very well

「用瓦斯做菜」在現代是一件很平常的事，但對以前的人而言卻是天方夜譚！因為瓦斯爐是十九世紀才出現的近代發明，在還沒有瓦斯爐的年代，想要烹煮食物，必須大費周章地先收集木材，然後才能生火煮飯，因此瓦斯爐一出現，便省去很多不便。後來的人引用當時瓦斯爐公司常使用的廣告詞「cooking with gas」，表示**做某事感覺很順手**的意思。

例 You will feel like ***cooking with gas*** once you start to use power tools instead of those old hand tools.

一旦你開始使用電動工具，而不用這些老舊的手動工具時，你會發現做起事來很順手。

(as) cool as a cucumber　沉著冷靜

very cool, relaxed and in control

小黃瓜一切開來，那濕潤的果肉馬上給人一種清涼的感覺，所以很多女生最愛在夏天把小黃瓜片貼在臉上消暑，因此當說到 cool，有些人就會把它和 cucumber 聯想在一塊兒。之後人們也把小黃瓜「冰涼」的狀態和「鎮定」肌膚的功效引申為心情上的「**沉著冷靜**」，所以要強調一個人**鎮定自若**時，就會說他像小黃瓜一樣沉著！

例 I expected him to be nervous before his interview, but he was ***as cool as a cucumber***.　我原先以為他在面試前會很緊張，但他卻表現得泰然自若。

count sb.'s chickens before they're hatched
打如意算盤

to count on sth. before it happens

這句話源自《伊索寓言》(*Aesop's Fables*)。有個叫佩蒂的擠牛奶女工，有一天頂了一桶牛奶準備上街去賣，她一邊走著，一邊開始打起如意算盤：「如果我賣了牛奶，我就要把錢拿去買母雞，這些母雞會生一堆的蛋；然後我可以再用賣蛋的錢去買漂亮的衣服，相信整街的男人一定會為我傾倒，哼！到時候我會讓其他女人嫉妒，並且像這樣趾高氣昂地走路…」就在她抬起頭時，卻嘩啦一聲打翻一地牛奶，當然剛才所有的美夢也頓時成了泡影！於是當我們要勸人**事情尚未明朗之前，不要太有自信**時，就會引用這篇故事，要他別在小雞還沒孵出前，就先開始打雞的如意算盤。

例 Don't ***count your chickens before they're hatched***. You're thinking about making a fortune, but you don't even have a job yet.

別太早打如意算盤。妳連工作都沒著落，就想賺大錢了。

cross sb.'s fingers / keep sb.'s fingers crossed　祈求好運

to hope that sth. will happen the way sb. wants

這句成語來自西方人的迷信。他們認為聖靈居住在十字形的交叉點中，在你許願時，如果把中指與食指交叉，形成 X 狀，聖靈就會守護你的願望直到它實現為止。後來當要**祈求成功或好運**時，就會交叉指頭，希望聖靈能助一臂之力！

例 We're ***crossing our fingers*** and hoping that the weather stays fine.　我們祈求天氣能一直保持晴朗。

cut the mustard　達到目標

to meet expectations

這句成語可是在二十世紀才開始被使用，而它的起源也有各種不同的說法。有人認為在二十世紀初期，西方人開始愛上芥末，甚至每道菜都要放上這種有嗆味的調味料，所以 mustard 慢慢地和「好東西」劃上了等號，而能切開芥末這種人間極品就成了**達到某種期望**的意思。另一種說法則認為這裡的 mustard 應該是 muster，原本 muster 指的是軍中檢閱士兵，不過可能誤傳成 cut the「mustard」，表示某人**符合條件**或**達到標準**，就像士兵通過檢查的意思一樣。

例 If you cannot ***cut the mustard***, we'll have to find someone else to do the job.

如果你無法勝任，那我們必須找其他人來做這項工作。

單元測驗 ABC

I. Translations

Write down the Chinese meaning of each underlined idiom or phrase.

__________ 1. Before the interview, Kevin has ants in his pants and can't sleep well.

__________ 2. Don't beat around the bush and make things more complicated.

__________ 3. Because I am the cashier, I am expected to carry the can for missing cash.

__________ 4. Jack really is all thumbs. He broke another mug.

__________ 5. Janet sat on the couch, rubbing her leg and complaining about the charley horse she had in her thigh.

II. Multiple Choice

Circle the proper idiom or phrase to complete each sentence.

1. The death of his daughter was (an ace in the hole/a bolt from the blue).
2. You really hit Ben (below the belt/above board) when you told his opponent about his financial problems.
3. Fixing the bathroom is (a piece of cake/an apple-pie order). It only takes me an hour.
4. We are sorry to hear that his brother has (carried the can/

bought the farm) in battle.

5. If you always criticize your parents, you really (chew the fat/ bite the hand that feeds you).

III. Fill in the Blanks

Choose from the phrases listed below and fill in each blank with a proper answer.

(A) **the black sheep of the family**	(F) **apple-pie order**
(B) **carried a chip on his shoulder**	(G) **Achilles' heel**
(C) **at sixes and sevens**	(H) **Break a leg**
(D) **barking up the wrong tree**	(I) **close, but no cigar**
(E) **catch-22**	(J) **a baker's dozen**

1. If you don't have a place to stay, you can't get a job, and with no job, you can't get an apartment. It's a ______.
2. He is ______ because he is always in trouble with the police.
3. Because I am too busy to clean my house, the whole house is now ______.
4. I heard that your game is tomorrow. ______!
5. John has had ______ ever since he broke up with his girlfriend.
6. You're ______ if you think Greg can give you a hand.
7. The secretary did an excellent job by putting the student records in ______.
8. Sam should have a good chance of winning but his ______ is his carelessness.

9. We had ______ of eggs for fourteen of us at the time. How could we even them out?

10. I got one answer wrong on the exam. It was ______.

Answers

I. 1. 坐立難安 2. 拐彎抹角 3. 負責任 4. 笨手笨腳 5. 抽筋

II. 1. a bolt from the blue 2. below the belt 3. a piece of cake
4. bought the farm 5. bite the hand that feeds you

III. 1. E 2. A 3. C 4. H 5. B
6. D 7. F 8. G 9. J 10. I

- ★dark horse
- ★(as) dead as a dodo
- ★dead ringer
- ★(the) devil to pay
- ★dog days
- ★dog in the manger
- ★doggie/doggy bag
- ★dog's breakfast/dinner
- ★donkey's years
- ★dot sb.'s/the i's and cross sb.'s/the t's
- ★down the hatch
- ★draw the line
- ★dressed to the nines
- ★drum up
- ★(get sb.'s/have sb.'s) ducks in a row
- ★Dutch courage

dark horse 黑馬

sb. who shows a previously unknown accomplishment

「黑馬」最早出現在英國首相狄斯雷里 (Benjamin Disraeli) 於 1831 年出版的小說 *The Young Duke* 中。書裡描寫一場精彩的馬賽，當時全場觀眾都認為其中兩匹馬最有希望奪冠，但最後竟由一匹毫不起眼的黑馬，風馳電掣地衝過終點線獲勝，於是我們就將**比賽中意外勝出的賽馬或參賽者**稱作「黑馬」。這個比喻很快也被用在美國政治競選中，來形容那些**出人意料地被提名或當選的候選人**。例如民主黨的詹姆斯・波克 (James K. Polk) 在 1844 年的第八次投票中才獲得總統候選人提名，後來更當選第十一任美國總統，所以他就成了美國政治選舉史上第一匹黑馬囉！

例 He is considered as a ***dark horse*** in the contest.

他在比賽中被認為是一匹黑馬。

(as) dead as a dodo 過時的

no longer important or popular

渡渡鳥 (dodo) 是非洲模里西斯島上特有的一種古代巨鳥，牠的外型與火雞相似，體型雖大，卻不會飛行。由於當地人沒有保育觀念而到處獵殺，所以渡渡鳥在十七世紀末時就絕種了。不僅歷史上再也沒有牠出現的記錄，人們也幾乎忘了牠曾經存在。後來當我們要強調**某個東西失去其重要性**時，就會說它 as dead as a dodo。

例 Who cares about the rule? It's ***as dead as a dodo***.
誰還在乎這個？它已經過時了。

dead ringer 酷似的人(物)

sb./sth. that looks exactly like sb./sth. else

你可千萬別以為這句用語指的是某個已經「蹺辮子」的人，它其實是指「**長相酷似的人或物**」。這句成語的來源有兩種不同的說法，都和賽馬有關，所以 dead 也有兩種不同解釋，不過可以確定的是它和「死亡」一點關係也沒有！有人認為這裡的 ringer 是指 「馬場裡玩套環遊戲的投環選手」，dead 則是「沒有聲響」的意思。在比賽中，一般選手騎著馬並把手中的馬環套入比賽的標桿時，兩者會因為碰撞而發出響亮的聲音，可是真正的好手卻能不發一聲，直接「空心入桿」。由於選手這種幾乎完全 match 的表現，後來人們就用「沒聲響的投環選手」來暗喻外表看起來非常酷似的人或物。另一種說法則認為，以往賽馬時，一些沒有良心的馬主人會飼養兩匹長相酷似的馬，先讓跑得較慢的馬上場，等到賭注高達一定金額，再偷偷換上另一匹跑得較快的馬，這匹替代上場的馬就稱為 ringer，而 dead 則用來強調「絕對是」的意思。也因為這種賭馬傳統，後來這句用語也被用來指「**冒名頂替**」。

例 That fellow standing over there is a ***dead ringer*** for my uncle. 站在那裡的男人長得很像我叔叔。

(the) devil to pay
嚴重後果

a trouble to be expected as a result of an action

如果有人想和魔鬼交易，恐怕他要倒大楣了！這句用語源自克里斯多夫・馬羅 (Christopher Marlowe) 的《浮士德》(*Doctor Faustus*)。書中描述浮士德因為嘆息生命短暫，便開始研究黑魔法以獲得神力。為達目的，他和魔鬼交易，簽下契約，表示願意用自己的靈魂換取二十四年的縱情生活。雖然在生命即將結束前，他覺悟到自己的錯誤，可是後悔已來不及，最後仍被撒旦帶到地獄。後人以此故事為背景，在形容**某人必須為自己的錯誤付出代價**時，就會使用這句話。

例 You'll have ***the devil to pay*** if you hurt those kids.
如果你傷害那些孩子，那你的麻煩就大了。

dog days
酷暑

the hottest period of the summer

可不要以為這句成語和地球上的狗有關喔！其實是因為古羅馬人觀察到在最熱的 7、8 月份，天上都會出現天狼星 (Dog Star)，當時羅馬人誤以為是這顆天狼星增加太陽的熱度，造成天氣炎熱，所以才有這樣的說法。後來證實是因為地球公轉才有夏季的出現，與天狼星毫無關聯，但我們還是沿用 dog days 來指**炎熱的天氣**。

例 At times, during the ***dog days*** of summer, the stream dries up completely. 有時在炎熱的夏天，這條溪會完全乾涸。

dog in the manger

占著茅坑不拉屎的人

sb. who prevents others from enjoying sth. despite having no use of it

這個用法源自《伊索寓言》(*Aesop's Fables*)，有隻狗找到了一處可供午睡的牛槽，沒想到當牠睡得正甜時，出外工作的牛回來了，想吃點牛槽裡的稻草補充體力，可是不甘被吵醒的狗不僅對牠咆哮，還作勢要咬牠。可憐的牛只能識相地走開，並喃喃自語地抱怨：「唉，人總是會捨不得他們享用不到的東西。」後來我們遇到**占著對自己無用之物，卻又不讓別人享用的人**時，就會引用這一則故事，稱他們為「霸占牛槽的狗」。

例 Don't be such a ***dog in the manger!*** Give the tennis racket to me since you have classes this afternoon. 別霸占著你不用的東西！既然你下午有課，就把網球拍讓我用。

doggie/doggy bag 裝剩菜的袋子

a bag for leftovers given to a customer in a restaurant

doggie 和 doggy 都和 dog 有關，但「狗食袋」裝的可不是餵狗吃的食物。人們到餐廳吃飯時，常會發生東西吃不完的情況，西方人為了愛面子，不希望別人覺得他小氣，剩菜吃不完還要帶回家，就會說是要打包帶回去給狗吃的。因為有這樣的需求，後來甚至有些餐館會自動幫顧客準備好袋子或硬紙盒來盛裝剩菜，因此人們就俏皮地用 doggie/doggy box 或 doggie/doggy bag 來稱呼**打包剩菜的盒子或袋子**。

例 They left with a ***doggie bag***. 他們將剩菜打包帶走了。

dog's breakfast/dinner 一團亂

a mess

人們常說狗是最忠實的朋友，現在的狗大部分都倍受寵愛，吃的是美味的狗飼料，三不五時還被送到美容院由專人打理。可是你知道嗎？以往的狗可就沒那麼幸福了！牠們不僅會舔食人們的嘔吐物，就算是有主人飼養，吃的也是主人家裡的剩菜剩飯，而這些飯菜混在一起，看起來也和吐出來的東西沒兩樣，因此「狗的早餐／晚餐」，就被用來指**髒亂的東西**或**凌亂的狀態**。

例 I've made a bit of a ***dog's breakfast*** of that essay.
我的那篇論文有點混亂。

donkey's years 漫長的時間

a very long time

這個片語源於二十世紀初的英國，原文應該是 donkey's ears。因為驢子的耳朵很長，而 years 和 ears 的發音又類似，再者驢子的確比其他動物活得久，所以人們乾脆就用「驢子的歲數」來表示**很長的時間**；不過也有另一種說法：以前的人很少看過死驢子，因此認為驢子必定是很長壽的動物，所以就用 donkey's years 表示很久的時間。

例 I haven't seen my parents in ***donkey's years***.
我已經很久沒有看到我父母了。

dot sb.'s/the i's and cross sb.'s/the t's 注意細節

to pay attention to details

這個片語是由教室裡的一句口號而來。西方小朋友在書寫時常會粗心大意，不是忘了在「i」字母上標上一點，就是忘了在「t」字母上劃上一橫，甚至有許多大人在情急之下也會犯相同的錯誤。後來我們就用這句老師提醒小朋友的口號，告誡別人做事時要**注意細節**。

例 When you prepare your entries, it's important to ***dot your i's and cross your t's***.

當你在準備參賽作品時，注意檢查細節是很重要的。

down the hatch 乾杯

to drink up

這裡的 hatch 指的是「船艙口」，可想而知，它是一句船員間的用語。以往船隻運送貨物出港時，船員會把艙門打開，將貨物放進最底層的船艙，看起來就像船員在餵船吃東西。後來這些船員想**暢飲**一番時，就會用 down the hatch 表示。

例 "***Down the hatch!***" said Mike, as they raised their glasses.

當他們舉起杯子時，Mike 說：「乾杯吧！」

draw the line 劃清界線

to define a limit

當你對別人 draw the line，就表示你在處理某事時，希望和他**劃清界線**或**做出限制**。這句成語的來源有很多說法，有人認為它和十八世紀英國人喜愛的網球運動有關。由於網球運動剛由法國引進英國時，英國人並不知道網球場地應有的確切範圍，因此選手們會自行在地上劃線 (draw lines) 作為比賽的界線；另一種說法則認為，這句成語和十六世紀英國農夫劃出自己農地界線的習慣有關；也有人說這裡的線，指的是以往職業拳擊賽的場地界線，在比賽中，任何一方選手都不能隨意跨越界線。因為上述說法都有「清楚分界」的意思，後來這句成語就用來表示對某件事的處理**定出一定的限度**。

例 I encourage students to express their own opinions, but I ***draw the line*** at being rude.

我鼓勵學生表達自己的意見，但我規定他們不得失禮。

dressed to the nines 盛裝

dressed very well and fashionably

出席一些重要場合時，基本的禮儀是要 dressed to the nines，也就是**盛裝打扮**的意思。可是為什麼要用「穿到九」表示呢？這句看來有點無厘頭的成語，來源說法也很多：一是因為計分通常以「十」為滿分，如果你的表現得到九分，則被認為是近乎完美；二則認為一般裁縫師在製作衣服時，以九碼為單位來剪裁、縫製的作品最出色，所以才選用「九」這個數字。也有人認為在莎士比亞的年代，因為戲院前後排的票價有差，可能最遠的座位只要一分錢，但最前排卻要九分錢，既然花了較多錢買好位子，當然得盛裝出席囉！

例 Christmas Eve is one of the days in a year when people like to go out and get ***dressed to the nines***.

聖誕夜是一年中人們會想盛裝出門的日子。

drum up 召集

to bring about by continuous effort

這句成語原本是軍隊用語。以往當軍隊行軍到各個城鎮時，會以鼓搭配橫笛來演奏軍樂，鏗鏘有力的擊鼓聲常能激起青年們的愛國心，幫助軍隊召集有志從軍的青年，後來響亮的鼓聲就成為招募新兵時的一種最佳信號，而 drum up 則被用來表示**鼓吹**、**尋求**或**召集**的意思。漸漸地它也被用在商場上，表示**招攬生意**。

例 We have to ***drum up*** support for this amendment.

我們必須爭取大家對這項修正案的支持。

(get sb.'s/have sb.'s) ducks in a row 安排妥當

to have everything in order

如果你細心觀察鴨子划水，會發現鴨寶寶們排成一直線，跟在母鴨後面。一旦母鴨發現有調皮的小鴨脫離隊伍，還會馬上把牠追回來！因為鴨子的這種習性，後來在設計保齡球遊戲時，球瓶的排列方式就是仿照鴨子划水的隊伍排列方式，而球瓶本身亦稱做 duckpins。也因為如此，後來當人們**把事情安排得很有條理**時，我們就會說 get/have sb.'s ducks in a row。

例 From now on he makes up his mind to ***get his ducks in a row***. 他下定決心從今以後要把事情安排得很有條理。

Dutch courage 酒後之勇

false courage acquired by drinking liquor

所謂「荷蘭人之勇」，其實是指藉由**喝酒壯膽得到的勇氣**，也就是**一時的虛勇**。可是為什麼要特別指明荷蘭人呢？原來在十七、十八世紀時，英國和荷蘭兩國有強烈的商業競爭，Dutch 在英文中就成了「輕蔑」詞語的最佳代言詞。根據一份文件敘述，荷蘭將領在開戰前要求士兵們喝酒壯膽，讓他們藉酒膽衝鋒陷陣。英國人看不起荷蘭將領這種鼓舞士氣的方式，就用 Dutch courage 來暗諷他們並非擁有真正的勇氣。其他關於荷蘭的片語還有 go Dutch、Dutch treat：這兩個片語都是嘲諷荷蘭人小氣不願意請客，付帳時要平均分攤；do a Dutch 意指「自殺」；Dutch uncle 表「嚴厲的批評者」。

例 He had a quick drink to get ***Dutch courage***.

他急忙吞酒壯膽。

- ★eager beaver
- ★(as) easy as pie
- ★eat crow
- ★eat, drink and be merry
- ★eat humble pie
- ★eat sb.'s cake and have it, too
- ★eat sb.'s heart out
- ★eat sb. out of house and home
- ★egg on sb.'s face
- ★egg sb. on
- ★(the) eleventh hour
- ★even-steven
- ★every cloud has a silver lining
- ★excuse/pardon my French

eager beaver 過分賣力的人

an exceptionally zealous person

海狸 (beaver) 是一種主要產於北美洲的嚙齒科動物，大多喜好團體生活，在許多湖泊的支流都可見到牠們的蹤影。由於海狸經常更換住處，又以啃咬樹枝來築巢，每次牠們出現，都是一副忙碌的樣子，對西方人來說，牠們是刻苦耐勞的最佳代表。於是在二戰期間，軍隊裡的軍官就開始借用海狸的性格來稱呼那些為了討好上司而賣力工作的新兵，後來也被普遍用來喻指**做事非常賣力、甚至顯得有點急躁的人**。

例 Ann is such an ***eager beaver*** that she seldom takes a rest.
Ann 是個工作狂，她幾乎不休息。

(as) easy as pie 極為容易

very easy

這句成語約起源於 1920 年的澳洲。受紐西蘭毛利語 pai（意即「好」）的影響，與其音同的澳洲用語 pie on 或 pie at 表示精通某事。當你擅長做某事時，一切當然都很容易囉！於是我們強調事情**很容易**時，就會把它和 pie 聯想在一起。

例 Spending money is ***as easy as pie***; accumulating wealth is tough.　花錢很容易，但累積財富卻很困難。

eat crow 被迫認錯

to be forced to admit a humiliating mistake

說到又大又黑的烏鴉，大部分的人都會有不好的聯想，更何況要吃下牠！不過在 1812 年美英戰爭時期卻真有位美國軍官有過這樣的噁心經驗。話說這位軍官在打獵時，為了撿拾他射下的一隻烏鴉而誤闖英國領地。整個情況剛好被一位英國士兵目睹，這位士兵先是虛情假意地稱讚這位美國軍官神準的槍法，然後騙取他的槍枝，再強迫他吃一口自己射下的烏鴉。這個美國軍官照做之後拿回了槍，就反過來逼迫英國士兵吃下剩下的烏鴉。由於英國士兵這種失當而讓自己難堪的行為，後來當我們要表示某人**因為自己的錯誤而感到難堪**或**不得不承認自己的錯誤**時，就會說他 eat crow。

例 All critics said that the 76ers would lose, but Iverson made them ***eat crow***. 所有的評論家都說費城 76 人隊會輸，可是 Iverson 讓他們為自己的失言而難堪。

eat, drink and be merry 及時行樂

to enjoy sb.'s day

這句用語出自新約聖經《路加福音》(*Luke*)。有一天在一個講道的場合裡，突然有個信徒要求耶穌 (Jesus) 出面，幫他和兄弟分家產，但耶穌斷然拒絕，並對眾人講了個故事：從前有個大地主，因為他的田產豐富，於是開始盤算著要把原本的倉庫拆了，蓋更大的倉庫，如此一來，他就可以囤積所有財物，供往後的日常開銷，並從此安逸地吃喝玩樂過生活。可是他卻萬萬沒想到，當天他就一命嗚呼，而神在取走

他的性命前對他說：「你真是無知啊！搞了半天，你囤積的東西又要歸誰呢？」耶穌用此故事奉勸世人，不要汲汲營營於追求名利等身外之物，珍惜自己的生命才是最重要的。後來我們就擷取故事中的這一小段話，以此奉勸別人應**及時行樂**。

例 Don't be so pessimistic. Just ***eat, drink and be merry***, for you don't know what will happen tomorrow.

別那麼悲觀。要及時行樂，因為你不知道明天會如何。

eat humble pie 忍氣吞聲

to apologize humbly; to accept humiliation

這句成語源於英國人在中古時期的階級制度。當時貴族間的娛樂活動是狩獵，獵到鹿等動物後即交由傭人烹煮。由於當時英國的門第觀念非常重，階級之間更是壁壘分明，當主人享用美味的鹿肉時，地位低下的傭人只能吃以鹿的內臟做成的餡餅，而這種餡餅就稱為 humble pie。因為這種情形，後人就用 eat humble pie 表示某人**忍氣吞聲**或**低聲下氣**。

例 Although you don't like your boss, sometimes you have to ***eat humble pie***.

雖然你不喜歡你的老闆，但有時候你還是得忍氣吞聲。

eat sb.'s cake and have it, too 魚與熊掌兼得

to have all the advantages of sth.

一方面想吃美味的蛋糕，一方面又希望永遠擁有它，這恐怕是不可能的！「吃了蛋糕又擁有它」也就是中文所說，想要**魚與熊掌兼得**、**占盡天下好處**的意思。這句成語引自英國

劇作家黑伍德 (John Heywood) 所寫《智慧與愚笨》(*Witty and Witless*) 一書。他原本是個相當虔誠的天主教徒，後來受到新教徒運動的感召，於是開始周遊歐洲各國，完成了不少膾炙人口的作品。《智慧與愚笨》就是他在此期間收集諺語及諷刺短詩，並於 1546 年出版的一本格言錄。

例 Mary wants to buy a beautiful dress, but she also wants to save her money to go camping. She wants to ***eat her cake and have it, too***. Mary 想買一件漂亮的洋裝，但又想省錢去露營。她想要魚與熊掌兼得。

註 黑伍德 (1497–1580) 為英國的戲劇名作家。他曾擔任倫敦唱詩班的少年歌手，後來從事短劇與「插劇」(interlude) 的創作。由於他的作品跳脫傳統嚴肅的手法，改採具諷刺意味的幽默語氣來寫作，因此不僅受到當時瑪莉一世女王的賞識，同時也代表英國戲劇已經由中世紀過渡到伊麗莎白時期的喜劇時代。

eat sb.'s heart out

哀痛欲絕

to feel bitter, anguish or grief

雖然就醫學角度而言，真正主宰我們思考的是「頭腦」，但在日常生活中，人們還是常把「心」當作牽動情緒的主人。比方失戀的時候我們說「心碎了」，做事的時候鞭策自己要「用心」，而這種用「心」來表達情緒的用語，最早可以追溯到古希臘詩人荷馬 (Homer) 的敘事詩《奧德賽》(*Odyssey*)。在這部史詩作品裡，他提到當人們遇到讓自己非常氣憤、悲傷或嫉妒的事情時，那種痛苦的感覺就彷彿胸口要被撕開，心也被啃食。由於這種表達非常貼切地說出那種「痛徹心扉」的感覺，後來我們就用「心被吃掉」表示**非常沉痛的心情**。

例 Ever since my grandmother died, my grandfather has been ***eating his heart out***.
自從奶奶去世後，爺爺就陷入極度悲傷的情緒裡。

eat sb. out of house and home
把某人吃窮
to eat a lot of sb.'s food

這句成語引自文豪莎士比亞 (William Shakespeare) 著名的歷史劇《亨利四世下篇》(*King Henry IV, Part II*)。劇中提到亨利四世的繼承人海爾王子 (Prince Hal) 有一位風趣 、 機智的良師益友福斯塔夫爵士 (Sir John Falstaff)。 福斯塔夫爵士原先只是個招搖撞騙的小偷，有一次他光顧客棧，看上美麗的老闆娘快嫂 (Mistress Quickly)，於是騙了她的財又劫了她的色，還計畫一走了之，沒想到快嫂一狀告上了法院，要法官為她主持公道，討回福斯塔夫爵士所欠的款項。快嫂的訴狀裡提到她只是一個窮苦的寡婦，可是福斯塔夫爵士卻喪盡天良，不僅欺騙她的感情，還幾乎吃盡了她的家產⋯。後來當我們指**快把某人吃窮**時，就會俏皮地引用這段話。

例 My son have quite an appetite; he ***eat me out of house and home***. 我的兩個兒子胃口很好，幾乎要把我吃窮了。

egg on sb.'s face 難堪

a state of embarrassment or humiliation

你應該見過民眾抗爭時激烈的砸雞蛋場面吧！想像一下，若有人被砸了滿臉蛋花，恐怕心裡會不太好受吧！這個用語原是美國 60 年代流行的新聞術語，因為在選舉期間的政見發表會上，當候選人誇大其詞或大肆批評對手時，有些立場不同的觀眾會報以噓聲，更激進的甚至會丟雞蛋，如果直接命中候選人臉部，弄得滿臉蛋花的話，場面真會令人手足無措、尷尬不已。由於這種表達實在很貼切，因此後來要形容某人**做錯事、說錯話而被揭穿的尷尬模樣**，就會說他「一臉蛋花」。

例 If you ask any more personal questions, you'll end up with ***egg on your face***.

如果你再繼續問私人問題，到最後你會很難堪。

egg sb. on 慫恿某人

to encourage sb. to do sth. wrong, foolish or dangerous

egg 在這裡和「雞蛋」無關，而這句成語你也別誤解為「蛋洗某人」。這個 egg 來自古北歐語 eggja，指的是刀劍「邊緣」(edge)，而 egg on 也應該寫成 edge on，只是後來傳到英美兩國就變成大家熟悉的 egg。由於在古代要求某人做某件事時，最激烈的手段就是把刀刃架在對方脖子上，以死威脅，於是後來表示**慫恿、鼓動某人**時，就會使用這句成語。

例 She was ***egged on*** to ask the boss for a raise.
她被慫恿去跟老闆要求加薪。

(the) eleventh hour 最後一刻

the latest possible time

根據新約聖經《馬太福音》(*Matthew*) 第二十章中記載，天國像是擁有葡萄園的主人，在清晨時出門雇人到園子裡做工，並答應工人一天付他們一錢銀子。就在工作結束後，不論是早在清晨就入園或是下午五點才進葡萄園的工人，都得到相同的報酬。由於按照聖經的說法，從清晨六點到下午六點共十二小時為一天，而第十一個小時當然就是能得到酬勞的最後一小時。也因為如此，後來西方人就用 the eleventh hour 比喻千鈞一髮的**最後一刻**。

例 Negotiators reached an agreement at ***the eleventh hour***, just in time to avoid a strike.
協商者在最後一刻達成協議，及時阻止了一場罷工。

even-steven 平均的

exactly equal

英文裡常聽到人家用「平均的史蒂芬」表示**雙方勢均力敵**或**彼此扯平**的意思，可是為什麼會和 Steven 扯上關係呢？原來這和英國《格列佛遊記》(*Gulliver's Travels*) 的作者史威福特 (Jonathan Swift) 有關。他曾在寫給紅粉知己的信《致史黛拉的書》(*Journal to Stella*) 中提到，有一個名叫 Steven 的年輕人，每次只要被老婆打一拳，他必定以六拳回報，因為他認為這樣才算扯平 (even)。這種說法雖然聽起來很荒謬，但 even 和 Steven 又有 [ˋivən] 的同韻音，念起來琅琅上口，所以後來就普遍被用來強調「平均」。

例 I've paid it all back to you, so now we're ***even-steven***.
你的錢我已經都還給你了，所以現在我們扯平了。

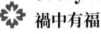

every cloud has a silver lining
禍中有福
there is sth. good in every bad situation

「每朵烏雲總有銀色襯裡」這句俚語引自英國作家米爾頓 (John Milton) 在 1634 年所寫《約伯記》(*Comus*) 一書，意近中文的**「塞翁失馬焉知非福」**。由於他觀察到烏雲遮蓋陽光的自然景象，於是巧妙地將人生的逆境比喻作烏雲，而「希望」則是雲塊邊緣透出的銀色閃光，總有一天，烏雲將隨風消逝，美麗的人生就會來臨。

例 My life motto is "***Every cloud has a silver lining***."
我的人生格言是：「塞翁失馬焉知非福。」

註 米爾頓為英國十七世紀的著名詩人。在眼盲、孤單、貧苦中完成了偉大的基督教史詩《失樂園》(*Paradise Lost*)。

excuse/pardon my French
原諒我的粗話
to forgive my bad language

咦？是不是因為某人的法文能力不好，所以才要你「原諒他的法文」？如果你這麼想的話，那可就大大誤解他的意思，因為這句話是表示**要你原諒他即將要講粗話或罵人了**！

可是，這關法國人什麼事？原來在 1730–1820 年間，英法兩國為爭奪殖民地鬧得不可開交，在語言中也出現許多攻擊對方的字眼。在英國人眼裡，法國人是粗鄙、低俗的民族，所以英文只要冠上 French 就有負面的意思，而對聽不懂法文的英國人而言，法文就是粗俗的語言了。其他相關成語：take French leave，指的是「擅離職守」或「不辭而別」。

例 ***Excuse my French***, but my neighbor's a bloody asshole!
別怪我罵人，可是我的鄰居實在是個大混蛋！

★face the music

★fair-weather friend

★fall guy

★feather in sb.'s cap

★fifth column

★fish in troubled waters

★fish or cut bait

★flash in the pan

★flea market

★fly a kite

★fly by the seat of sb.'s pants

★fly in the face of sth.

★fly off the handle

★fly on the wall

★foam at the mouth

★free lunch

★from soup to nuts

★(straight) from the horse's mouth

face the music 主動承擔責任

to accept the unpleasant consequences of an action

如果有人要 face the music，那就表示他可能**犯了錯**或**做了不得當的事，而必須擔當應負的責任**。這句慣用語是在1850 年的美國社會開始被使用，其來源有兩種說法：一是起源於以前的劇院。當緊張的演員們站在舞臺上看著布幔拉起時，還是得硬著頭皮面對 (face) 樂隊席 (music) 的方向，因此才慢慢衍生出「負責」的意思。另一種說法則是起源於軍隊，軍人如果做了有辱軍風的事，就會在擊鼓的軍樂儀式中被轟出去，一邊 face the music，一邊接受必要的懲罰！

例 He was caught red-handed and had to ***face the music***.
他當場被逮到，因此必須接受懲罰。

fair-weather friend 酒肉朋友

a friend who is close in good times but is not reliable in times of trouble

就字面上來看，fair weather 是指風和日麗的好天氣，但你可別把這個片語誤解成能一同欣賞良辰美景的同好！俗語說：「患難見真情」，我們希望結交在有難時能挺身相助的朋友，不過總有些朋友只能共享富貴，而不能患難與共。在這裡 fair weather 被用來比喻富貴當前，而 fair-weather friend 就是指**只能在自己意氣風發時一起分享成果，而一旦風雲變色，就逃之夭夭的酒肉朋友**。

例 She is such a ***fair-weather friend*** that she goes away when I am in trouble. 她真是個不能共患難的酒肉朋友，我一有麻煩她就逃之夭夭。

fall guy 代罪羔羊

sb. who is blamed for another person's mistake or crime

fall guy 是指「被摔的人」。這句成語的起源和美國盛行的摔角運動有關。由於美國摔角比賽的娛樂成分較高，為了吸引觀眾目光，選手間的輸贏都是事先套好招的表演。而摔角的規則是一旦有一方讓對手跌落 (fall) 在地上無法起身，即贏得這場比賽，因此 fall guy 就是指那些賽前自願喬裝成落敗者的選手。後來這個名稱被廣為使用，並引申為**代罪羔羊**。

例 His brother would always use his friend Tom as the ***fall guy*** if things go wrong. 當事情出差錯時，他弟弟總是拿他的朋友 Tom 當代罪羔羊。

feather in sb.'s cap 值得驕傲的事

an accomplishment or achievement to be proud of

這句成語的起源有兩種不同說法：一是由軍中的獎賞制度而來。以往軍人每殺一個敵人，即可獲頒一支羽毛插在頭盔上，如同現在的軍人得到勳章一樣，是種無上的光榮；另一說法則認為，當印第安人在戰鬥中表現英勇時，他們的習

俗就是在頭飾上插羽毛，擁有越多羽毛的人就是越勇敢的戰士。因為有這兩種以羽毛當獎賞的習俗，當**值得驕傲的事**發生時，我們就會說它是「帽上的羽毛」！

例 Winning the new contract was a real ***feather in his cap***.

贏得這份新合約對他而言是件值得驕傲的事。

fifth column　通敵的內奸

a body of enemy sympathizers working within a country

fifth column 俗稱「第五縱隊」，指的是**敵人派出的間諜**或**通敵的內奸**。這句用語可追溯至 1936–1939 年的西班牙內戰時期，摩拉將軍 (Gen Emilio Mola) 決定推翻當時的政府，於是他帶著現有四個縱隊的士兵包圍首都馬德里，並用無線電廣播宣稱，他不僅有四個縱隊的精銳士兵，還有「第五縱隊」滲透在馬德里城內，隨時可以來個裡應外合，一舉攻下馬德里。因為這樣的歷史背景，後來「第五縱隊」就成了通敵叛徒的稱呼。

例 The terrorist announced that he has established a ***fifth column*** in the U.S.A.

這名恐怖分子宣稱他在美國已經成立了間諜部隊。

fish in troubled waters　趁人之危

to try to take advantage of a confusing situation

「在混水中釣魚」這句成語最初使用於 1568 年。根據一些有經驗的漁夫的說法，在混亂的水流中捕魚，比在平靜的水中還要容易，這也是為什麼每當颱風來臨，總有許多人要冒險出海的原因。然而有些人卻對這種說法不以為然，認為天氣不良的時候，湍急的水流會讓許多漁夫不敢出海捕魚，所以少部分敢冒險出海的漁夫當然就能大豐收。無論上述說法何者為真，這種趁亂而獲得利益的行為就被引申為**趁人之危**或**趁火打劫**。

例 Susan's always been good at ***fishing in troubled waters***. Susan 總是喜歡趁火打劫。

fish or cut bait　當機立斷

to either proceed with an activity or abandon it completely

釣魚是一項頗受西方人喜好的休閒運動，所以在他們日常生活中，有許多和「釣魚」有關的用語。就像「要不就釣魚、要不就切斷你的魚餌」這句成語，最早是在 1876 年由美國國會議員甘農 (Joseph P. Cannon) 使用。當時甘農極力促使國會通過銀幣的合法化使用，但礙於其他議員的猶豫不決，所以他在議院發言時就用釣魚這項娛樂作比喻，要他們「如果在釣魚時心不在焉，不如切斷魚餌，打道回府算了！」於是當某人做事舉棋不定時，我們就會用這句成語來催促他**當機立斷、早日做決定**。

例 You should either go on to college or go out and find yourself a job. It's time to ***fish or cut bait***!　你要不就去上大學，要不就出去找份工作。該是作出決定的時候啦！

flash in the pan
曇花一現的人(成就)

a sudden success that disappears quickly

這裡的 pan 是指舊式來福槍中用來裝火藥的小火藥池。由於這些舊型槍枝並不先進，放在火藥池中的火藥粉常發生被引燃而僅冒出火花，卻無法射擊的情況。因為這種「凸槌」的情形，後來我們就用「火藥池的火花」來暗喻**曇花一現的人**或**成就**。

例 The novelist's success was just a ***flash in the pan***.
這名小說家的成功只是曇花一現。

flea market　跳蚤市場

a market, usually held outdoors, where used goods and antiques are sold

flea market 直譯就是「跳蚤市場」，也就是**二手貨的拍賣場**，可是它為什麼會和惱人的跳蚤扯上關係呢？這個 1920 年代才出現的名詞來自法文 Le Marche aux Puces（字面指「有許多跳蚤的市場」），它是法國巴黎一個下層社會居民相當喜愛的市集。由於這個市集大多販賣用過的老舊物品，難免有虱子、跳蚤等小蟲子寄居，這個市集的名字也由此而來。後來這種賣二手便宜貨的文化漸漸地在西方世界形成一股風潮，而「跳蚤市場」也為大家沿用。

例 We picked up half of our furniture at ***flea markets***.
我們的家具有一半是在跳蚤市場買的。

fly a kite　試探民意

to express a proposal to test public opinion

說到「風箏」，那可是中國古代著名的發明之一呢！據《韓非子》記載，春秋時代的哲學家墨翟，曾以三年時間用木頭製成一隻木鳥試飛，雖然只飛了一天即落下失敗，卻成為世界上最早的風箏。後來墨翟把製造木鳥的方法傳給學生公輸班，經公輸班改良後的木鳥能飛三日之久，因此被正要侵宋的魯國用來窺探宋國。之後風箏傳到了西方，更被賦予了測風向與風速的任務。因為「放風箏」有了「探測」的意義，這句話就被西方人引申為**試探輿論或民意**。另外，當有人要你 go fly a kite 時 ，可別和 fly a kite 搞混喔 ！因為叫你 go fly a kite，其實是示意要你走開，別再去騷擾他的意思。

例 Don't take the manager's suggestions too seriously; he is just ***flying a kite***. 不用太認真地看待經理的建議，他不過是在試探你的反應而已。

She kept bothering me so much that I told her to ***go fly a kite***. 她一直打擾我，所以我叫她走開。

fly by the seat of sb.'s pants

憑直覺行事

to do sth. by instinct rather than by knowledge or logic

駕駛飛機時，若只靠著「褲子的臀部」來控制飛行，那可真會把人嚇出一身冷汗！以往電子儀器還沒有那麼精密，飛行員在飛行時根本沒有導航系統導引，大多只能靠著自己的感覺來感受機身的反應，進而控制飛行。而飛行員與機身最貼近的部位，莫過於自己褲子的臀部了！因為這樣控制飛行的方式，後來當某人**做事沒有明確的指導**或**缺乏足夠的知識**時，我們會說他像飛行員一樣，fly by the seat of his pants。

例 I have never run a restaurant before so now I need to ***fly by the seat of my pants***.

我從來沒有經營過餐廳，所以現在必須靠自己摸索。

fly in the face of sth. 背道而馳

to be the opposite of what is usual or accepted

這句成語源於十五世紀中葉。當時是農耕時代，幾乎家家戶戶都養有雞鴨等牲畜。這些雞鴨因為平時有主人照料，根本喪失了保護自己的本能，當遇到狗或狐狸攻擊時還不知道危險，天真地在牠們面前飛來飛去。因此，後來我們就用「在…的面前飛」表示**某個行為**或**理念與常理背道而馳**。

例 What you claim ***flies in the face of*** all the evidence.

你的說法與所有證據不符。

fly off the handle 大發雷霆

to lose sb.'s temper

這句用語可追溯到美國拓荒時期。當時美國西部還是蠻荒未開墾的處女地，從歐洲到美國的移民們生活非常艱苦，為了耕作與狩獵食物，斧頭成了討生活不可或缺的重要工具。由於當時的斧頭並不精良，有時候會在揮舞中自斧柄脫落，那麼旁邊的人可能就要遭殃了。因為這種「失控」的情形常發生，後人就把這句成語引申為某人**發飆**或**勃然大怒**。

例 His brother ***flies off the handle*** at the slightest setback.
他弟弟只要遇到一點小挫折就會大發雷霆。

fly on the wall
不被察覺的觀察者(聆聽者)
an unseen observer or listener

「蒼蠅」給人的聯想通常是髒亂的地方，只要蒼蠅出現就會令人覺得不舒服。不過如果只有一兩隻小蒼蠅停在牆上，也不太會有人注意到吧！有一種觀察式紀錄片就被稱為「牆上蒼蠅」(fly on the wall)，以強調拍攝者就如蒼蠅般，讓人們在完全不受干擾的情況下，拍攝他們真實的生活或行為。後來當我們要形容**未被人察覺的觀察者**或**在別人不自覺的情況下窺伺別人的行動**時，就會用「牆上的蒼蠅」來稱呼。

例 How I wish I could be a ***fly on the wall*** to hear what my teachers are talking about me.
我多希望能偷聽到我的老師們怎麼說我。

foam at the mouth　怒不可遏
to be extremely angry

這句成語起源於十五世紀。當時英國街頭常有流浪貓、流浪狗走動，由於衛生環境不佳，這些貓狗身上常帶有傳染病，其中最可怕的莫過於「狂犬病」。這個致死率幾乎達百分之百的人畜共通疾病，大多經由動物含大量病毒的唾液傳染，由於此疾病的前期症狀會出現易怒及流口水的現象，而人在情緒失控時也會有類似的「症狀」，因此我們就用「嘴巴裡起泡沫」來表示**非常生氣**。

例 She was ***foaming at the mouth*** over her husband's words. 她對她丈夫的言論感到怒不可遏。

free lunch 免費的午餐

a nonexistent benefit; sth. acquired without due effort

英文有句諺語「There's no such thing as a free lunch.」，也就是我們常聽到的「天下沒有白吃的午餐」。可是為什麼要特別指午餐呢？原來在十九世紀中葉，美國有些小酒館為了招攬客人，想出 free lunch 的點子，要求客人只要購買一杯飲料，就能獲得一頓免費的午餐。可是通常這種「免費午餐」只是一些簡單的冷盤料理，而且還強制客人一定要先買一杯飲料，讓人質疑這個招待早就包含在飲料費中，根本不是他們宣稱的免費！因為這種宣傳花招，後來我們要形容**表面看來似乎是從天上掉下來的幸運，實際上是必須付出代價的事**時，就會說它是「免費的午餐」。

例 In politics, there is no ***free lunch***; every favor calls for repayment. 在政治活動中沒有任何白吃的午餐，每個「好意」都是要求報酬的。

from soup to nuts 從頭到尾

from beginning to end; completely

這句成語最初使用於十六世紀，源自西方人的飲食習慣。由於吃西餐時通常是以湯來揭開一頓大餐的序幕，而最後會以花生、核桃等堅果類點心作結束，所以我們就用 from soup to nuts 表示**從頭到尾**或**完全**的意思。除此之外，其他涵意相同的成語還有：from A to Z；from head to foot；from stem to stern（航海用語，stem 為船頭，stern 為船尾）。

例 I know all about his plan ***from soup to nuts***.

我知道他的全盤計畫。

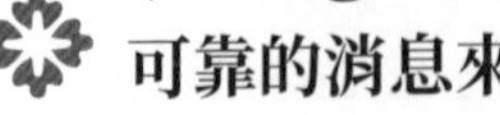

(straight) from the horse's mouth

可靠的消息來源

from a reliable source

這句成語的起源有兩種不同說法：一是源自賽馬的傳統，以往在賽馬場提供賽馬情報的人，為了要得到更多客戶下注，總會強調自己的情報最準確，甚至誇張地表示自己根本是直接由馬嘴裡得到第一手消息，所以後來才用「來自馬嘴」表示**消息的可靠性**；而另一說法則認為馬匹商人通常在挑選好馬時，大多會觀察馬的嘴巴和牙齒等，因為從馬嘴可以看出馬的年齡及健康狀態，所以要表示**直接得到的消息**，我們就說它是馬嘴透露的。

例 What I told you is ***straight from the horse's mouth***.

我告訴你的消息來源是很可靠的。

單元測驗 DEF

I. True or False

T F 1. If you are an *eager beaver*, you work harder than others.

T F 2. A *fair-weather friend* is a friend who is dependable in times of trouble.

T F 3. If someone is *fishing in troubled waters*, he/she is trying to take advantage in a confusing situation.

T F 4. To *fly off the handle* means having a good nature.

T F 5. A *dark horse* is someone who is not well-known and surprises everyone by winning a competition.

II. Multiple Choice

Choose one following statement that best describes each sentence.

1. I got the news straight from the horse's mouth.
   a. I got the news from someone who is involved in it and knows a lot about it.
   b. A horse that can talk tells me the news.
2. Go fly a kite!
   a. Stop bugging me.
   b. Enjoy your free time.
3. It's a flash in the pan.
   a. A dangerous event may occur at any time.
   b. It's a sudden success that disappears quickly.

4. Please excuse my French.
   a. Please forgive my bad language.
   b. I'm sorry to speak poor French.
5. You can never eat your cake and have it, too.
   a. You can't do both things at the same time.
   b. You can never have a dual benefit.

III. Translations

Write down the Chinese meaning of each underlined idiom or phrase.

__________ 1. If you do something wrong, you must face the music and deal with the problem on your own.

__________ 2. The basketball team won the final at the eleven hour.

__________ 3. People prefer to stay indoors during the dog days.

__________ 4. If the other boys hadn't egged on Steve, he wouldn't have stolen his mother's money.

__________ 5. Any country that interferes in Middle East politics is fishing in troubled waters.

Answers

I. 1. T 2. F 3. T 4. F 5. T
II. 1. a 2. a 3. b 4. a 5. b
III. 1. 面對現實 2. 最後一刻 3. 酷暑 4. 慫恿 5. 趁火打劫

★get/take a rise out of sb.

★get out of bed on the wrong side

★get sb.'s goat

★get the sack

★give sb. a break

★give sb. the cold shoulder

★give up the ghost

★go/head south

★go (all) to pot

★go (the) whole hog

★go to the dogs

★good Samaritan

★goody two-shoes

★Gordon Bennett

★graveyard shift

★Greek gift

★green room

★gung ho

get/take a rise out of sb. 激怒某人

to provoke an emotional reaction from sb.

這句成語源於釣魚活動。魚兒游至水面吞食釣餌，英文就稱作 rise to the bait，而引誘魚兒浮上水面就是 get a rise。釣魚者會在魚群可能聚集的地區，丟下一些蒼蠅、小蟲等當作誘餌，引誘魚兒上鉤；而被人愚弄的時候，感覺就像這些被騙上鉤的魚一樣，讓人恨得牙癢癢的，因此 get/take a rise out of sb. 這句用語，就被引申為**挖苦某人**或**激怒某人**的意思。

例 You're sure to ***get a rise out of*** her if you call her Fatty.
如果你叫她胖子一定會激怒她。

get out of bed on the wrong side 心情不好

to be in a bad mood and easily annoyed all day

這句成語源於西方的一種迷信。西方人相信邪靈住在床的左邊，如果一早是從左邊下床，就會受邪靈干擾，倒楣一整天。當有人**整天心情不好、脾氣不好**，好像受了邪靈的影響，我們就會說他「下錯床邊」。

例 I think she ***got out of bed on the wrong side*** this morning as she hasn't said a word to anyone yet.

我想她今天早上的心情應該不太好，因為到現在她都還沒有跟任何人說過話。

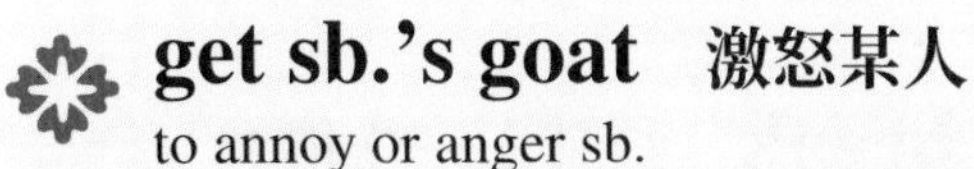

get sb.'s goat　激怒某人

to annoy or anger sb.

根據記載，這個片語在 1908 年開始使用，而美國著名的語言學家孟肯 (H. L. Mencken) 認為這句用語的出現和賽馬的傳統有關。由於純種的賽馬性情較暴躁，以往的馴馬師會將溫馴的山羊和賽馬飼養在同個馬廄裡，希望狂野的賽馬受到山羊的感染後能安靜下來。如果遇到卑鄙的賭徒或下注者在比賽前一天將山羊偷偷牽走，賽馬很可能會因為沒有山羊的陪伴而焦躁不安，輸掉比賽。因為帶走山羊會影響賽馬的情緒，後來我們就用「把某人的山羊帶走」表示**激怒某人**。

例 Tim ***got his teacher's goat*** because he didn't do their homework.　Tim 因為沒有做功課而激怒了老師。

get the sack　被解雇

to be fired or rejected

這個片語最早出現於 1825 年。sack 是指麻布袋，當某人「得到麻布袋」時，他可能會不太開心，因為這表示他被**炒魷魚**了！以往的工人要自己準備工具，通常會用麻布袋裝著，然後放在老闆那兒保管。一旦老闆想解雇工人，就會把他的麻布袋還給他，暗示他可以走人了。久而久之，拿到麻布袋的動作就引申為**被解雇**。後來在 1870–1880 年代，還衍生出其他表達方式：get the boot （被老闆的靴子踢出門）、get the bounce（被老闆給彈出去）或 get the ax（被老闆的斧頭砍斷出路)。

例 The manager ***got the sack*** for drunkenness.
這個經理因酗酒被解雇。

give sb. a break 給某人一次機會
to give sb. a chance

這個用語來自以前街頭賣藝者。這些街頭藝人通常在表演告一段落時稍作休息，拿出帽子向觀眾收取「小費」後才繼續表演，這個中場休息時間就被稱為 a break。因為休息時間過後藝人還有一次表演的機會， give sb. a break 就引申為**再特別給某人一次機會**。後來這句話也用在被監禁的嫌犯身上，表示他已經籌到錢交保，可以從監牢「脫身」，所以也有**饒過某人**的意思。

例 ***Give her a break!*** She's only a child and she didn't mean any harm. 饒了她吧!她只是個孩子且無意傷害任何人。

give sb. the cold shoulder 冷漠對待某人
to be intentionally unfriendly to sb. and give him/her no attention

想像一下，如果家裡突然來了不速之客，你會怎麼做呢?十九世紀的西方人遇到不受歡迎的客人來訪，主人會故意端上冷掉的牛肩或羊肩肉 (shoulder)，暗示客人快點離開。後人將這個陋習化為文字，要表示**冷漠對待某人**時，就會說 give sb. the cold shoulder。

例 The young man was furious when she ***gave him the cold***

shoulder. 遭到她冷漠以對，這個年輕人勃然大怒。

give up the ghost 壽終正寢

to cease functioning; to die

這句用語取自聖經，由於它起源於十四世紀，所以 ghost 為古英文，指「一個人的靈魂」。在新約聖經《使徒行傳》(*Acts*) 第十二章提到，希律王 (Herod) 因不滿他所囚禁的耶穌門徒彼得 (Peter) 被上帝派來的天使救出，於是殺了看守的士兵，並遷怒於民，公開訓斥百姓，而百姓也視希律王的言論為神的旨意。因為希律王不歸榮耀給神的傲慢行為，使得天神的使者立刻從天而降，罰他被蟲咬並取走他的靈魂 (give up the ghost)。根據這段故事，後人就用 give up the ghost 表示**死亡**。另有人將「靈魂不在，空有肉體也無法生存」的觀念延伸至一般物品，表示**東西損壞**的意思。

例 My old bicycle ran into a cart today and ***gave up the ghost***.
我的舊腳踏車今天撞到手推車而壞掉了。

go/head south 每況愈下

to become worse; to decline

這個片語是西方人用來表達**情況變壞；價值或質量、數量下降**的用語。你可能會覺得奇怪，為什麼「南邊」會和「變壞」扯上關係？古希臘著名的地理和天文學家托勒密 (Claudius Ptolemaeus) 在西元二世紀時，結合先人的資料及自己的觀察，發明新的觀測儀器，並繪製出歷史上第一本標上經緯線的世界地圖，把北方標在圖的上面，南方在下面，成為所有地圖繪製工作遵循的標準。1974 年，一本經濟雜誌

Business Week 就以 go south 暗喻經濟「走下坡」；到了 90 年代初期，大家都用它來表示情況越來越糟，漸漸地，這句帶有貶義的用語就這麼流傳下來。

例 The economy in my country is ***going south*** again.
我們國家的經濟又再度惡化。

註 托勒密 (100–170) 是希臘最偉大的天文學家。他發表的「天動說」，讓當時的人都相信地球是宇宙的中心，月球、太陽、五個行星以及所有的恆星都以地球為中心旋轉。而這樣的說法直到十六世紀哥白尼 (Nicolaus Copernicus) 的「地動說」出現後才被推翻。

go (all) to pot 一落千丈

to become ruined; to get worse and worse

這句成語首次出現於 1542 年。「跑到鍋裡去」 (go to pot)，原指把切好的肉片放進鍋裡燉煮。因為鍋裡肉片被高溫烹煮的情形，跟人在面臨危機時一樣「煎熬」，後來當人們要表示**某人瀕臨破產**或**事業衰落**時，就會使用這句成語。

例 How come our business has ***gone all to pot***?
我們的生意怎麼會一落千丈呢？

go (the) whole hog 全力以赴

to do sth. completely or thoroughly

這句成語的起源有兩種說法：一是認為它取自十八世紀一位英國詩人庫柏 (William Cowper) 的作品 *The Love of the World Reproved*; or *Hypocrisy Detected*。這首詩提到，有幾位伊斯蘭教徒想知道先知穆罕默德 (Muhammad) 禁止教徒吃豬的哪一個部位，而由於他們都堅信自己愛吃的部位不在禁令之內，結果竟然把整隻豬都吃光了；另一解釋則是說，英國人在十八世紀時稱一先令為一個 hog，當時一個 hog 能買不少東西，所以 go (the) whole hog 就是指一次把一先令花掉，一毛也不剩。因為這兩種說法都有「完全做完某事」的意思，後來這句成語就被引申為**徹徹底底地完成某件事**。

例 Instead of just painting the room, why not ***go whole hog*** and redecorate it completely?

與其只粉刷這個房間，我們何不徹底重新裝潢它呢？

go to the dogs 每況愈下

to decline; to come to a bad end

現代人常把小狗當寵物，不僅讓牠們吃上等狗飼料，還會帶牠們去美容，但以前的狗可就沒那麼好命了！當時的狗，吃的大多是主人吃剩的東西；即使是跟著主人一起辛苦打獵的獵犬，最後獲得的獎賞也只是主人挑剩不要的獵物部位。於是 go to the dogs 就被用來比喻**情況衰退**或**變糟**之意。

例 This used to be an excellent newspaper but in recent years it has ***gone to the dogs***.

這曾經是份很棒的報紙，但近年來每況愈下。

good Samaritan 行善者

a compassionate person who unselfishly helps others

這個片語取自聖經故事。根據《路加福音》(*Luke*) 第十章記載，有個精通舊約律例的律法師問耶穌 (Jesus)，到底要怎麼做才能得到永生？於是耶穌說了一則故事：有個可憐的路人遭強盜搶劫，不僅被剝光衣服，還被打得只剩半條命，然後被棄置在路旁。經過的路人都對他視若無睹，只有一個撒馬利亞人 (Samaritan) 不僅包紮他的傷口，還留下錢請人照顧他。耶穌要大家學習撒馬利亞人的仁慈之心，才能真正獲得永生。因為這則故事，後來西方人就用「好心的撒馬利亞人」來稱呼**心地善良或樂善好施的人**。

例 In this neighborhood you can't count on a ***good Samaritan*** to help if you get into trouble.

如果你在這附近遇到麻煩，別指望有善心人士幫助你。

註 根據聖經記載，撒馬利亞 (Samaria) 是個僅約有一千人的小部落，大多居住在巴勒斯坦 (Palestine) 的那不勒斯 (Nablus) 附近。

goody two-shoes　偽善者

sb. who is uncommonly good

goody 原本是十六世紀「女士」(goodwife) 這個字的縮寫，不過後來卻衍生出「假正經、偽善」的意思，更奇怪的是，怎麼會扯上兩隻鞋呢？這句用語取自 1766 年出版的暢銷兒童讀物 *The History of Little Goody Two-Shoes*。在這本英國劇作家哥德史密斯 (Oliver Goldsmith) 寫的故事裡，主角是個叫瑪格麗 (Margery) 的流浪兒，她窮到腳上只剩一隻鞋，也沒有錢買新的。沒想到有一天她意外得到另一隻鞋，於是興奮地跑遍了整個城鎮，逢人就指著自己的腳說：「兩隻鞋呢！兩隻鞋呢！(Two shoes! Two shoes!)」所以大家就叫她 Goody Two-Shoes（兩隻鞋女士）。跟大部分童話故事的結局一樣，她最後受到好心人收留，過著幸福快樂的生活，而

Goody Two-Shoes 這個名字在當時也用來形容善良、品德高尚的人。後來大家又把這個意思延伸，指一個人表現出來的樣子好到讓人覺得很「虛假」，此後西方人就用 goody two-shoes 來暗諷某人是**偽善者**。

例 She is a ***goody two-shoes*** when she's out with her friends, but when she's with her family that's another story.
她和朋友出去時總是裝成好好小姐，可是和家人在一起時又是另一個樣子。

註 哥德史密斯是十八世紀著名的英國劇作家。雖是醫科出身，但由於行醫之路並不順遂，才開始他的寫作生涯。他的作品，不論是詩歌、小說、文章還是劇本，風格都是以嘻笑怒罵的方式藉以諷刺時弊。在戲劇上，他企圖以莎士比亞鬧劇式的傳統結構，重建他所謂的「暢笑」喜劇 ("laughing" comedy)，致力打破當時英國舞臺盛行的感傷主義。

Gordon Bennett
真令人驚訝
an expression of surprise or annoyance

The Gordon Bennetts 曾是美國報界非常有地位的父子檔，父親的全名為詹姆斯・戈登・班尼特 (James Gordon Bennett)，為《紐約先驅報》(*The New York Herald*) 創辦人；他的兒子小詹姆斯 (James Gordon Bennett II) 是名記者，個人作風備受爭議，後來因行為不軌遭未婚妻的兄弟用馬鞭抽打，以致無奈離開美國，到歐洲度過餘生。Bennett 在歐洲的生活極盡奢華，生前花費超過四億美元，因此他的名字在當時歐洲（尤其是巴黎）可說是人盡皆知，是極具新聞報導價值的人物。因為登上報紙頭條的頻率很高，民眾看到他的消息都會大嘆：「看！又是 Gordon Bennett！」，後來 Gordon Bennett 的名字就被用來表示**非常驚訝**。

例 That was ***Gordon Bennett*** to hear that my parents went to the movies together last week.
聽到我父母上週一起去看電影讓我很驚訝。

graveyard shift

大夜班

a late-night work shift, usually between midnight and 8 a.m.

當你聽到「在墓地值班」時，是不是覺得有點陰森詭異？這個片語其實是指從半夜到早上八點的**大夜班**。追溯這個二十世紀初才出現的用語，可以發現以前有很多陷入昏迷的病人，常被誤認為死人而遭活埋。為了避免這種情形一再發生，殯葬業者就在入殮時，把鈴鐺繫在死者手上，並安排人員在深夜值班巡視墓地，一旦聽到鈴聲，就可以即時把人救出來。有趣的是，graveyard shift 還可以說成 lobster shift（龍蝦班）！這句用語的出現也有兩種說法：一是因為上大夜班的人經常喝得醉醺醺的，發紅的臉頰就像煮熟的龍蝦；另有人認為，以往值大夜班的報社記者，最喜歡吃海鮮（特別是龍蝦）當宵夜，所以才有這個有趣的稱呼。

例 He suggested we should go to eat something after my ***graveyard shift***. 他提議在我值完大夜班後去吃點東西。

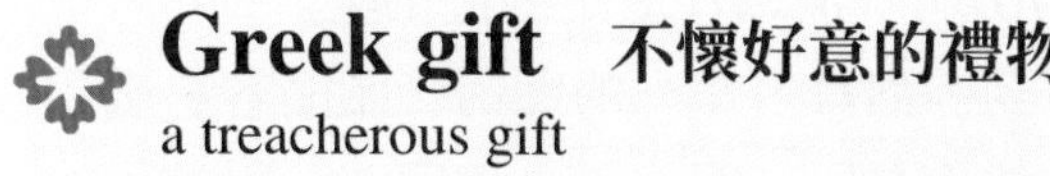

Greek gift 不懷好意的禮物

a treacherous gift

收到別人送的禮物時，心情一定相當興奮吧！不過如果是「希臘人送的禮物」，情況恐怕就不太妙了。這句用語源於古羅馬史詩《伊尼亞德》(*The Aeneid*)，故事中提到希臘人一直無法攻下特洛伊城 (Troy)，直到他們的將領想出一個木馬屠城計：他們佯裝要撤兵回希臘，並製作一隻巨大的木馬放在城外作為禮物，宣稱要送給特洛伊城求和。這時特洛伊城裡有位祭司覺得這匹木馬很可疑，說：「希臘人就算是送禮也讓人害怕。(I fear the Greeks, even when they offer gifts.)」但特洛伊人根本聽不進他的勸告，歡天喜地地將藏有希臘精兵的木馬拖進城內，讓希臘大軍終於有機會進城，一舉攻陷特洛伊城。因為這則故事，後人就用「希臘人的禮物」表示**危險或害人的禮物**。

例 The pills that they gave Tony were a ***Greek gift***; they wanted him to get addicted. 他們給 Tony 的藥丸是不懷好意的禮物，他們想讓 Tony 上癮。

green room 演員休息室

a room in a theater for performers who are off stage

你可別把 green room 誤認為是栽種花草用的溫室 (green house)，所謂「綠色的房間」指的是**演員專用的休息室**。這個片語最早用於 1701 年，而為什麼是綠色的呢？因為考量演員上臺後長時間受到強烈舞台燈光的照射，眼睛容易感到疲勞，尤其早期的劇院大多用刺眼的聚光燈照明，對演員的視力傷害更大。而綠色是最能紓解疲勞、保護眼睛的顏色，為了體貼演員，後臺休息室的牆壁通常會漆成綠色。還有另一種說法認為，由於聚光燈本身的光線就略帶綠色，如果休息室中的牆壁也塗成綠色的話，演員就能模擬他們的妝在舞臺燈光下會有什麼效果。雖然現在的休息室不再漆成綠色，但我們仍用 green room 來稱呼演員休息室。

例 The actors enjoy drinking tea and chatting in the ***green room***. 這些演員們喜歡在休息室裡喝茶聊天。

gung ho 狂熱的

extremely enthusiastic or dedicated

gung ho 這個在商界或專業圈子裡非常流行的口語用法，是由中文演變而來，意指**對某件事感到很興奮、熱衷，甚至到了無法控制自己的地步**。這個用語是在二次大戰期間才成為英文用語，當時美國海軍陸戰隊卡爾森 (Carlson) 上校來到中國，看到被日本人占領後再度重建的「中國工業合作社」，深深為這個合作社的精神所感動，而「工合」(Gung Ho) 就是這個組織的簡稱。後來卡爾森上校將它誤譯為「工合」(work together)，並帶回美國作為自己帶領精英團隊的座右銘，之後在美國流傳開來，成為「為共同目標獻身的精神」或是「熱切」的同義詞。

例 I am ***gung ho*** about my dating. 我很興奮要去約會。

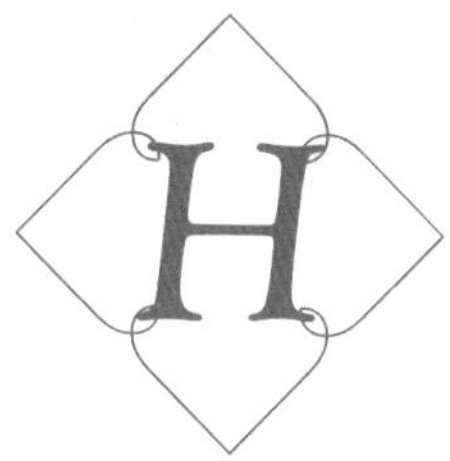

★halcyon days

★ham actor

★hand over fist

★hands down

★hang by a hair

★happy as a clam

★hard lines

★hat trick

★hatchet man

★haul over the coals

★have an ax to grind

★have bats in sb.'s belfry

★head and shoulders above

★hem and haw

★high on the hog

★hit the nail on the head

★hit the sack/hay

★Hobson's choice

★hocus-pocus

★hold sb.'s horses

★horse of a different color

★horse sense

halcyon days　太平日子

calm, peaceful and happy time

這個用語源於一個動人的希臘神話：風神的女兒愛陽(Halcyone)和黎明女神的兒子西賽斯(Ceyx)是對令人稱羨的夫妻。但西賽斯因為喪弟後心情久久不能平復，打算出海以求得阿波羅(Apollo)的神諭，沒想到雷雨打翻了船，西賽斯因而溺斃在途中。不知情的愛陽天天在海邊祈禱等候，天后希拉(Hera)為此感動，於是讓西賽斯的屍體漂流到愛陽守候的海邊，以告知她丈夫的死訊。看見丈夫屍體而悲痛欲絕的愛陽，縱身跳入海中，沒想到奇怪的事發生了，她竟然生出雙翼，變成一隻鳥在海面飛翔。原來是天神憐憫這對相愛的夫妻，讓葬身海中的西賽斯和愛陽一同變成了翠鳥(halcyons)，從此夫妻終能長相廝守，比翼雙飛。傳說這對恩愛的夫妻會在波浪上撫育他們的孩子，風神因為眷顧自己女兒，會在每年 12 月平息海浪，以便翠鳥在海上築窩，生育後代。由於這個美麗的傳說，後人就稱每年的 12 月中旬也就是冬至前後的兩週為 halcyon days。後來更被引申為**太平的日子**。

例 In those ***halcyon days***, people were not worried about attacks and bombings.

在太平的日子，人們不擔心會遭受攻擊或轟炸。

ham actor 演技誇張拙劣的演員
an actor who overacts or exaggerates

你一定在電視、電影或舞臺上，看過某些**演技很誇張，動作又極不自然的演員**吧！他們為了表現自己，常用扮鬼臉或一些小動作來吸引觀眾的注意,而西方人稱這種演員為「火腿演員」。為什麼要用「火腿」來表達呢？有人說這是源於十九世紀出現的黑人歌唱團，所謂的「黑人表演」，只是白人把臉塗黑來演唱黑人歌曲罷了。當時有一首歌《火腿油的人》(*The Hamfat Man*) 就是描述這些白人演員為了節省支出，大多使用火腿油 (hamfat) 當作卸妝油，又因為這些演員的表演大多誇張不自然，人們就稱他們為「火腿油 (hamfat) 演員」，簡稱「火腿 (ham) 演員」。而 ham 這個字也被用來當動詞使用，如 ham up 就表示誇張地扮演某個角色的意思。

They had some ***ham actor*** playing the part of the king.
他們任用某個演技拙劣的演員扮演國王的角色。

hand over fist 迅速地
rapidly; at a tremendous rate

西方人常用 hand over fist 表示**迅速**的意思。這個片語本應寫成 hand over hand，是船員間的用語。以往船員不管是爬纜繩或用纜繩拖曳物品，為求迅速，常以一手接著一手的動作來工作（他們認為這樣比兩隻手一起快的多），於是就用 hand over hand 比喻快速的動作。到了十九世紀初，人們認為當手緊緊握住纜繩的時候，自然形成了一個拳頭，於是把這句話改成 hand over fist。

例 His business was good and he was making money ***hand over fist***. 他的生意很成功，所以很快就賺了錢。

hands down　不費力地(取勝)

easily; with little or no effort

這個用語源於十九世紀中的賽馬傳統。技高一籌的賽馬騎師常能在抵達終點之前，就已領先其他競賽者一大段距離，在勝券在握的情況下，騎師就會放下抓緊轠繩的手，不再鞭打馬兒使之前進。後來當某人**輕鬆贏得比賽**時，我們就說他像這些騎師一樣，「把手放下來」就能贏了。

例 He was such a good runner that he won the race ***hands down***. 他是一位很棒的跑者，所以輕鬆地就贏得比賽。

hang by a hair　千鈞一髮

in a risky or unstable situation

這句成語源自希臘傳說《達摩克利茲之劍》(*Sword of Damocles*)。當時有個叫迪奧尼索司 (Dionysius) 的國王相當蠻橫殘暴，樹敵眾多，因此整天都在防範別人會對他不利。有一天他的老朋友達摩克利茲 (Damocles) 在美麗的皇宮裡有感而發地對他說：「沒有比擁有這些榮華富貴更快樂的事了！」沒想到國王聽完這番話，竟答應跟他交換位子並以美食款待。

就在達摩克利茲沾沾自喜自己享受的一切時，猛然抬頭發現他的位子上方，有一把只用一根馬鬃 (horsehair) 繫住的利劍懸掛在屋樑上。他開始擔心這把只用馬鬃吊著的劍會不會掉下來傷了自己，頓時所有的喜悅一掃而空。原來這一切都是國王的刻意安排，藉此表達自己隨時提心吊膽的處境。因為這個故事，後來 hang by a hair 就被用來表達某人的處境**岌岌可危、千鈞一髮**，也有人把它寫成 hang by a thread（線）。

例 The lives of the passengers were ***hung by a hair*** when the ship hit an iceberg.
當船撞到冰山時，乘客的生命岌岌可危。

happy as a clam
極為快樂
extremely happy

這個用語最早出現於十九世紀初，原本寫做 happy as a clam in the mud at high tide/water，後來才被簡略為 happy as a clam。也許你會好奇蛤蜊 (clam) 和快樂的關聯是什麼。曾在沙灘上挖過蛤蜊的人都知道，退潮時在沙灘上挖洞就能發現蛤蜊，因此，對蛤蜊而言，退潮就是它生命受到威脅的時刻；相反地，漲潮的時候在水中安全地飄蕩，才是蛤蜊最無憂無慮的快樂時光。因此後人就用「漲潮時的蛤蜊」形容某人**非常高興**或**非常滿足**。其他用來表達快樂的用語還有：happy as a lark，lark 指的是雲雀，由於牠的叫聲相當悅耳動聽，所以用雲雀來形容快樂的心情，是很常見的用法。

例 When she heard the news, she was ***happy as a clam***.
當她聽到這個消息時，快樂得不得了。

hard lines 惡運

bad luck; hardship

這句用語源於舊約聖經《詩篇》(*Psalms*) 第十六章。在這章大衛王 (David) 的祈禱文中提到：「(神) 用繩量給我的地界，坐落在佳美之處；我的產業實在美好。(The lines are fallen unto me in pleasant places; yea, I have a goodly heritage.)」在這句話裡，大衛認為每個人的產業都是神所賜予，並用繩子 (lines) 來比喻區分產業的界線，也就是個人的身分地位。既然 lines 表示人生的際遇，那 hard lines 自然就是**壞運氣**的意思了。

例 I am sorry that you can't go to the concert with us. That's ***hard lines***.

我很遺憾你不能跟我們一起去音樂會。那真是太糟了。

hat trick 三連勝

the accomplishment of three successes or wins

如果你是足球迷，可能曾在比賽轉播中聽到「某人上演了帽子戲法」，也就是指某球員有連進三球或三球以上的好成績。這個用語跟在英國廣為流行的板球運動有關，最早於 1870 年代開始使用。根據慣例，投手如果連續投出三個好球將對方三振出局，就會獲頒一頂新帽子作為獎勵。到了二十世紀初，這個片語也被使用在其他球類運動，用來稱讚**連進三球**或**連得三分**的球員。而近年來這個片語不僅適用於體育競賽，任何領域內**得到連續三次成功**或有**巧妙的策略**出現時，我們也會用「帽子戲法」加以讚揚。

例 It looks like the party is going to achieve a ***hat trick*** in this election. 看來這個政黨將在這次選舉中贏得三連勝。

hatchet man 走狗；隨意誹謗的評論家

sb. hired to carry out unscrupulous tasks for a superior; sb. who attacks the reputation of others, especially a journalist

以往美國軍隊有種叫「hatchet man」的人會隨身帶著小斧頭 (hatchet)，走在部隊前面幫忙開道，或是負責挖作戰用的溝渠。由於從事這種工作的人必須小心翼翼且祕密進行，於是西方人就用 hatchet man 來批評一些**做暗地勾當的走狗**。後來美國加州治安一度相當敗壞，常出現拿小斧頭暗殺人的刺客，所以 hatchet man 也有**職業殺手**的意思。到了二十世紀中，更有人用 hatchet man 指稱**專門私下撰文詆毀別人的人（特別是記者）**。

例 You can count on Kelly's column to destroy the mayor—she's the perfect ***hatchet man***. 你可以靠 Kelly 的專欄來擊垮市長——她是職業毀謗高手。

haul over the coals 嚴厲譴責

to criticize severely

這個片語是由一項中世紀殘酷的刑罰而來。當時凡是被懷疑為異教徒的人，都會遭到嚴刑拷問，其中最常見的就是在燒紅的煤炭床上被拖著走，如果能生存下來，就會被無罪開釋；若是耐不住高溫，就會被認定為有罪。由於遭人狠狠地指責和受這種酷刑一樣令人難受，後人就用這個片語來表示**嚴厲譴責某人**。也有人把它寫成 rake over the coals「放在煤炭床上耙過」，都是相同的意思。

例 When Dad finds out about the damage to the car, he's sure to ***haul*** Peter ***over the coals***.
當爸爸發現車子損壞時，一定會狠狠地責備 Peter。

have an ax to grind 居心叵測
to have an ulterior motive to pursue

這句成語來自美國著名的外交家兼發明家富蘭克林 (Benjamin Franklin) 所說的故事。話說富蘭克林曾經遇到一位訪客，他拿出一把斧頭，要求富蘭克林用斧頭試試他父親的磨石還能不能使用。年輕的富蘭克林不疑有他，為了證明這個磨石的「威力」，賣力地轉動磨石。結果斧頭磨好了，而這位訪客卻什麼也沒說就帶著斧頭走了，這時富蘭克林才驚覺到，原來這個男子只想騙他把斧頭磨亮罷了！後來當我們要表示某人**有所企圖**或**居心叵測**時，就會使用這個成語。

例 As a teacher, I ***have*** no political ***ax to grind***.
身為一位教師，我沒有任何政治意圖。

have bats in sb.'s belfry 瘋瘋癲癲
to be crazy or at least very unusual

belfry 是教堂頂層的鐘塔，不過你可別以為「教堂的鐘塔裡有蝙蝠」是關於什麼陰森恐怖的事，它其實是指**某人思想古怪**或**精神不正常**。因為教堂一旦敲鐘，棲息在鐘塔裡的蝙蝠常會被鐘聲嚇得四處亂飛；而精神錯亂的人因為常有一些天馬行空、不合邏輯的想法，感覺就像這些漫天亂飛的蝙蝠一樣，因此才把這個片語引申為某人**瘋瘋癲癲**的樣子。

例 I think the old lady might ***have bats in the belfy***. She yells at strangers all day. 我認為這名老太太可能有點精神失常。她整天對陌生人大吼大叫。

head and shoulders above
表現出眾

far superior to

想像一下，如果某人的頭和肩膀都在別人之上，一定很引人注目吧!這句話是從一個人的身高引申到他的身分地位，因此西方人要說某人**表現出眾**，就會用「頭和肩膀都在別人之上」來比喻。

例 When it comes to working ability, Daniel is ***head and shoulders above*** the others in the office.

說到工作能力，Daniel 比辦公室裡的其他人還要優秀。

hem and haw　支吾其詞

to be hesitant and indecisive

這句有趣的用語源於十八世紀。當人們遇到難題時，因為不知道該如何回答，常會不自覺地發出「呃哼 (ahem)…」、「喔 (haw)…」或「哼 (hem)…」的聲音，於是西方人就俏皮地用「哼和喔」來暗指某人**優柔寡斷、猶豫不決而說話結巴的樣子**。英國人拼成 hum and haw，一樣是模仿人們結巴時所發出的哼啊聲。

例 He ***hemmed and hawed*** and finally admitted taking the money. 他支吾一陣子後終於承認拿走了錢。

high on the hog

奢華

to live luxuriously

對現代人來說，豬肉是相當普遍的肉品，現今的豬肉的料理，更是發揮到了淋漓盡致的地步。不過你可能不知道「吃豬肉」也曾被認為是奢侈的享受呢！這裡的 hog 指的是養大供食用的豬隻，這種豬仔的上身 (high) 部位包括腰、大腿等味道最好，只有富有的王宮貴族才有機會吃到；而較貧困的平民或奴隸，就只能吃到肉質較差的下身 (low) 部位，如豬肚、豬腳等。久而久之，eat/live high on the hog 就成為**富有奢侈**的象徵了。

例 The boy lived ***high on the hog*** after getting his inheritance.
這個男孩自從得到遺產後就過著奢侈的生活。

hit the nail on the head

一針見血

to do or say something in a right way

這句起源於羅馬的成語，從字面上就能猜出其意。當我們在敲釘子 (nail) 時，必須直接敲在釘子的頭部 (head)，才能將它敲正、敲牢。所以當有人**說話一針見血**或**做事拿捏得很好**，我們就會說他像敲釘子一樣，不偏不倚地正中目標。

例 Your analysis is really ***hitting the nail on the head***.
你的分析真是一針見血。

hit the sack/hay 睡覺
to go to bed

hit the sack 這句俚語源於殖民時代。當時人民大多用一些乾草或穀殼等當作填塞物，裝進麻布袋 (sack) 裡作為睡覺用的床墊，因此人們就用 hit the sack 來表示**上床睡覺**。而有相同含意的 hit the hay 則是比 hit the sack 更早出現的短語，它的出現也和以往人民鋪乾草 (hay) 為床的習慣有關，hit the hay 當然也是表示躺在床上睡覺囉！

例 Although it was well past their bedtime, the children weren't ready to ***hit the sack***. 雖然早過了孩子們的就寢時間，但他們還沒準備要上床睡覺。

Hobson's choice 別無選擇
a choice between what is offered and nothing at all

哈伯森 (Thomas Hobson) 是十七世紀中期英國劍橋一間馬匹出租店的老闆，專供載客或運貨。為什麼會出現這句用語呢？因為哈伯森出租馬匹有個嚴格的規定：顧客在選馬時只能挑最接近馬棚外的那匹馬。他怕大家專挑某幾匹好馬而造成馬匹太過勞累，所以讓牠們採「輪班制」為顧客服務。由於他的堅持替公司打響名號，於是人們就用「哈伯森提供的選擇」來表示**被逼迫做某種選擇**或**根本別無選擇**。

例 Some workers in that reorganized company have left with ***Hobson's choice***. 那家重新整頓的公司的一些員工除了離職之外別無選擇。

hocus-pocus 詭計

magic trick; trickery

「哈利波特」(Harry Potter) 迷一定對這個用語不陌生！這個片語是每次變戲法前，一定會說的咒語。hocus-pocus 源於十七世紀，本來是魔術師在變戲法前念的一句話，就如同中國道士念的「天靈靈、地靈靈…」一樣。由於這句話幾乎成了魔術師的口頭禪甚至是暱稱，所以就被用來表示**變戲法**或**耍詭計**。為什麼要選用這兩個字呢？大多數語言學家相信，這是仿效天主教彌撒儀式中常出現的拉丁文「hoc est (enim) corpus (meum)」(這是我的身體)，取近音而變成 hocus-pocus。

例 So much of what politicians say is just ***hocus-pocus***.
政客所說的話大多只是用來騙人的罷了。

hold sb.'s horses 慢慢來

to slow down; to be patient and wait

這個用語最早使用於十九世紀初的賽馬場上。賽馬一旦上場，總是迫不及待要飛奔出去，於是裁判在吹哨子前，會叮嚀騎師在槍響之前必須勒緊韁繩，別讓自己的馬搶跑。因為馬兒性急的樣子跟人在衝動時的行為很像，於是當我們要勸某人**鎮定下來、不要急**時，就會要他「抓住自己的馬」。

例 The boy wanted to say something, but the teacher told him to ***hold his horses*** until she finished hers. 那男孩想發表些意見，但老師叫他稍等一下，等她講完再說。

horse of a different color

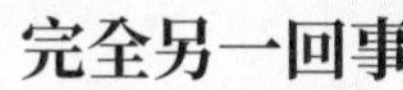

完全另一回事

quite a different matter

這句成語也可作 horse of another color，表示**完全是另外一回事**的意思。可是怎麼會扯上馬呢？這就有許多不同說法了。一是認為這和中世紀騎士的馬上比武大會有關。由於騎士們戴著頭盔，所以他們必須騎上不同顏色的馬以代表不同的身分，讓觀眾容易分辨；二則認為以往的馬一生下來，主人就會開具「出生證明」，詳細記載馬的檔案，當然也包括牠們的毛色。可是由於馬的毛色會隨年齡而改變，所以有些人就會拿完全不同的馬來魚目混珠。最後一種較為人採信的說法則是英國文豪莎士比亞 (William Shakespeare) 在其劇作《第十二夜》(*Twelfth Night*) 中，用 a horse of that color 表示相同的事情，所以後人就延伸這句話的意思，用「不同顏色的馬」來強調完全不同的兩件事。

例 Wow, you mean the guy who sits next to Susan is her husband? I thought they were just friends. Well, that's a ***horse of a different color***.

哇，你的意思是說坐在 Susan 旁邊的那個人是她丈夫？我還以為他們只是朋友呢。這可是兩碼子事。

horse sense　常識

common sense; practical knowledge about the wisest thing to do

馬被認為是相當聰明的動物，不僅有許多馴馬師相信馬懂得人話，而習慣對牠們說悄悄話，還有人認為馬可以趨吉避凶。中國就有一個著名的例子：有一年冬天，齊桓公帶領的大軍竟然迷路回不了家，於是大臣管仲心生一計，請人把老馬的韁繩鬆開，讓牠們自由行走，果真找到了回家的路。十九世紀時的美國西部居民大多以馬代步，也發現馬能運用牠們敏銳的直覺來避免陷入險境，後來當人們要比喻某人**很有常識或生活智慧**時，就會說他有「馬的見識」。

例 He's got ***horse sense*** to rent a condo before he buys one.
他很有常識，知道在買一間公寓之前先用租的。

★I'll be a monkey's uncle

★in a nutshell

★in cold blood

★in hot water

★in sb.'s birthday suit

★in the bag

★in the black/in the red

★in the buff

★in the cart

★in the doghouse

★in the doldrums

★in the limelight

★in the nick of time

★in the pink

★in the swim

★Indian file

★(have many/several) irons in the fire

★it's Katie/Katy bar the door

★it's not over until the fat lady sings

★ivory tower

I'll be a monkey's uncle

(表示驚訝)天哪！

used to express surprise and amazement

這句成語的意思真的是「我會成為猴子的叔叔」嗎？據說這句成語原先是用來嘲弄生物學家達爾文 (Charles Darwin)。由於他在 1859 年出版《物種起源》(*The Origins of Species*)，提出了人類是由猿猴演進，此一學說違反了原先聖經當中，人應該是由上帝所創造的說法，因而惹火了當時的基督教徒。這句成語則被拿來表達對進化論的質疑，但現今多拿來表示**驚訝**。

例 I'll be a monkey's uncle! Dan has just won the first prize of the lottery. 天哪！Dan 剛獲得樂透的頭獎。

in a nutshell 簡而言之

concisely; in a few words

nutshell 是指堅果的外殼，而什麼是「在堅果殼內」呢？羅馬作家普林尼 (Pliny the Elder) 在其撰寫的 《博物誌》(*Historia Natural*) 裡提到 ， 曾經有人將荷馬 (Homer) 的著名史詩《伊里亞德》(*Iliad*) 全部抄寫下來，這部原文約有一萬七千行的手抄本竟然小到可以塞入一個堅果殼內，於是當我們希望某人說話能**簡潔有力**，而不要長篇大論時，就要他把話「放在堅果殼內」。

例 I have a lot to say about his latest book, but to put it ***in a nutshell***, it is a good work.
我對他的新書有許多看法，但簡而言之，它是一本好書。

註 《博物誌》 完成於西元一世紀，是今日西方各圖書館中最古老的百科全書。

in cold blood 無情地

coldly, and dispassionately

以往醫學還沒有像現在這麼進步，一般人對人體的認識非常有限。當時人們相信體內的血液會在生氣或激動的時候沸騰，而在冷靜的時候降溫，因此認定這些情緒反應和「血溫」有絕對的關係。於是在形容一個人**很冷酷**、**無情**時，就會用「在冷血中」比喻。

例 The murderer killed him ***in cold blood***.
那個凶手毫不留情地把他殺了。

in hot water 有麻煩

in bad trouble

除了在冬天泡熱水澡外，被放到滾燙的水裡對任何人來說，想必都不是什麼舒服的經驗吧！因此如果說某人「正泡在熱水中」，就表示他**有麻煩**了。意義相同的用語還有 in the soup，表示彷彿置身熱湯中一樣痛苦。

例 If he can't get that bank loan he'll be ***in hot water***. 如果他沒有辦法從銀行那兒得到貸款，那他就有麻煩了。

in sb.'s birthday suit
一絲不掛
without any clothes

這裡的 birthday suit 就如同「國王的新衣」一樣，表示某人**一絲不掛**的意思。因為小嬰兒出生時（也就是他們生日那一天），是赤裸裸、光溜溜地，所以西方人就幽默地用「穿著生日時的服裝」來表示某人裸體的意思。

例 He walked out of the bathroom ***in his birthday suit***.
他一絲不掛地從浴室走出來。

in the bag 穩操勝算
virtually accomplished or won

如果我們說某件事已是「囊中物」，就表示已經**有十拿九穩的把握**了！此片語的來源有二：一是認為這裡的 bag 是指獵人裝獵物的袋子，所以 in the bag 表示獵物已經手到擒來；另一種說法則認為 bag 是指掛在英國下議院議長椅背上的袋子，所有放在這個袋子裡的請願書，即是當天議會的議題，而且保證會達到某種結論或擬出解決方式，所以我們就用 in the bag 表示很有把握的意思。

例 We've got the match ***in the bag***.
這次比賽我們已穩操勝算。

in the black 盈餘 profitable
in the red 負債 in debt

在電腦尚未出現之前，一般金融界的財務表上，個人的銀行存款或帳面餘額通常會用黑體字標出；如果處於負債情況或帳目透支，則會用紅筆標示以做區別，所以我們用 in the red 表示**負債**，而用 in the black 表示**盈餘**的意思。

例 For the first time in months he was ***in the black*** at the bank.
幾個月來他的銀行戶頭裡第一次有了盈餘。

If she keeps spending money like this, she'll be soon ***in the red***. 如果她持續這種花錢方式，她很快就會負債累累。

in the buff 一絲不掛
with no clothes on; naked

這句用語源於軍隊，buff 是指一種用水牛皮製成的黃褐色皮革。十七世紀美國軍隊的士兵接受體檢時，都會被要求只能穿著一件短褲，而他們的短褲就是由這種未染色的淺黃皮革製成，由於顏色和他們的膚色相似，看起來就好像脫光身子一樣，於是西方人就用 in the buff 表示**光著身體**。另一個意義相同的用語 in the raw，原意指未經加工處理的毛皮。

例 I was surprised that Sue answered the door ***in the buff***.
我很驚訝 Sue 竟然光著身體應門。

in the cart 陷入困境
in trouble

如果你「正在貨車中」，那表示你可能有麻煩了。以前犯人要被帶往刑場時，都由這種兩輪的貨車載送，所以坐在這種車中，處境就像即將被處決的犯人一樣危險，之後 in the cart 就引申為**處於困難或險境中**。

例 His brother is ***in the cart*** because he is late for school again. 他弟弟有麻煩了，因為他上學又遲到了。

in the doghouse 失寵

in disgrace

這個片語取自童話《小飛俠彼得潘》(*Peter Pan*)。故事中的爸爸誤把感冒藥倒進小狗碗裡，陰錯陽差地讓狗昏睡過去，因為如此，小朋友們才得以和小飛俠彼得潘一起離家探險。擔心他們安危的爸爸懊悔不已，把自己關在狗屋裡，直到去探險的孩子們平安回來為止。後來當我們要表示**某人因做了某事而失寵或惹麻煩**時，就會用「在狗屋裡」表示。

例 His wife put him ***in the doghouse*** because he stayed out drinking last night.

他昨晚在外頭買醉不歸，惹得老婆很不高興。

in the doldrums 意志消沉

in low spirits

doldrums 指的是海上靠近赤道兩側的無風帶。由於無風帶的天氣風平浪靜，因此完全仰賴「風」航行的帆船，常會因為沒有風而無法前進，所以「在無風帶」可用來比喻某人

無精打采、意志消沉的樣子，後來更有人用它表示**經濟蕭條**。

例 That country's postwar economy has always been ***in the doldrums***. 那個國家戰後的經濟一直都很蕭條。

in the limelight 眾所矚目

at the center of public attention

這個用語源於十九世紀的劇院。當時並沒有電燈可供舞臺照明，因此劇院就利用燃燒石灰 (lime) 所產生的白熱光當作舞臺的燈光。由於這些燈光大多是照射在主要演員身上以抓住觀眾的目光，因此我們就用「在石灰燈光下」形容某人是**眾人注目的焦點**。科技進步後，劇場改用強烈的電力聚光燈 (spotlight)，所以也有人用 in the spotlight 表達相同的意思。

例 The rock star enjoys being ***in the limelight***.
這個搖滾歌手喜歡受到眾人注目。

in the nick of time 關鍵時刻

at the critical or precise moment

這句話源於體育競賽場。nick 指的是木頭上的槽口、刻痕。在發明電腦以前，人們大多用刀在木棒上刻下一道道溝槽當作計數的符號，並以這種方法紀錄商店的營業情況、體育競賽的得分等，而 in the nick of time 就表示在最後一刻進球得分，贏得勝利。雖然人們不再使用這種古老的計數方法，但這句用語仍被保留下來，並進而引申為**關鍵時刻**或**及時**。

例 I saw the baby was about to fall off and caught it just ***in the nick of time***.
我看到這個嬰兒快要摔下去了，所以及時把他抓住。

in the pink　身體健康

in good health

此用語來自英國的獵狐傳統。大部分的獵狐者，喜歡在打獵時穿著稱作 pinks 的粉紅色系夾克，漸漸地人們就用 in the pink 表示某人**身體狀況良好**，如同獵狐者精力充沛地騎馬奔馳在原野間的樣子。

例 We are glad to hear that your mother is ***in the pink*** again.
我們很高興聽到你媽媽又恢復了健康。

in the swim　識時務

in the mainstream (especially of fashion and events)

回想一下在河邊賞魚的經驗吧！是不是發現魚兒大多是一群群地緊跟著彼此呢?因為魚兒這種喜歡游在一起的特性，所以我們用 swim 指稱有許多魚兒出現的區域。如果把 in the swim 用在人身上，則表示某人跟他人接觸機會很多，所以**很識時務**、**很能進入狀況**或**很快能嗅到流行的訊息**。

例 If you are to keep your information up to date, please see Jimmy, who is always ***in the swim***.
如果你想掌握最新資訊，請找最跟得上潮流的 Jimmy。

Indian file　一路縱隊

single file

這裡的 file 指「縱隊」。以往印第安戰士為了隱藏自己的實力，常在行軍時以一人緊跟著一人，成縱隊的方式前進，如此一來，不管有多少人走過，留下的都會是同一足跡，而走在縱隊最後的人還可以順便破壞足跡，讓敵人追蹤不到他們。後來西方人引用印第安人的傳統，將**單行縱隊**稱 Indian file。

例 We have to bike in ***Indian file*** here.

我們在這裡必須以一路縱隊的隊形騎腳踏車。

(have many/several) irons in the fire 同時進行很多事情

to have various different activities or plans at the same time

一般鐵匠在鑄鐵時會先把生鐵放在烈火中燒紅後，才用鐵鎚敲打塑形。由於加熱鐵條需要很長的時間，為了增加工作效率，鐵匠們大多會一次加熱許多鐵條，因此西方人就巧妙地用「在火裡的鐵條」比喻**同時進行許多事**。而這句短語後來更被引申為「**一個辦法行不通，還有別的法子**」的意思。但是如果鐵匠一下子燒太多鐵條，也有可能把鐵條燒過頭，而不能再使用，因此另一個衍生的用語 have/keep too many irons in the fire，表示要做的事太多而無法兼顧。

例 I have been out of work for 6 months, but now I ***have a number of irons in the fire***.

我已經有六個月沒有工作了，但我現在有許多機會。

it's Katie/Katy bar the door 小心，準備好應付麻煩

a desperate situation is at hand

這句話是表示**叮嚀人要小心、準備好應付麻煩**的意思。

它起源於一首英國民謠 *Get Up and Bar the Door*，歌中敘述 Katie 和她的丈夫為了誰該去關門這件事爭吵不休，最後兩人約好誰先開口說話誰就是輸家，必須起身去關門。就這樣一直僵持到了晚上，倆人誰也不肯開口，門也就一直沒有關上。後來強盜趁機入侵，兩個人還是不肯讓步，直到強盜想要強吻 Katie 時，丈夫才終於忍不住大叫出來，成了輸家。因為這首民謠一直重複 It's Katie bar the door 的歌詞，人們就用它來提醒別人小心應付麻煩。

例 If you don't pay him back the money, ***it can be Katie bar the door***. 如果你現在不還他錢，你可要小心有麻煩了。

it's not over until the fat lady sings 勝負未定

the outcome of any contest isn't known until the final results are in

由於許多歌劇常以體型壯碩的女高音演唱作為結束，所以當有一些不耐煩的觀眾詢問歌劇何時結束時，就會有人告訴他們：「還沒呢！要等到胖女人唱歌才算結束！」不過這句成語真正源於 1970 年代，美國聖安東尼奧市 (San Antonio) 的體育節目播報員丹尼・庫克 (Dan Cook)，他風趣地用「It's not over until the fat lady sings.」強調雖然比賽成績一面倒，但誰勝誰負要到比賽完全結束才知道，所以這句話也常用在體育競賽中，表示**還不到最後一刻，勝負還未定**的意思。

例 Tony is only two games behind. And as they say, ***it's not over until the fat lady sings***.

Tony 只輸了兩場比賽，正如同人們所說，勝負還未定。

ivory tower 象牙塔

a place or attitude of retreat, remoteness from everyday affairs

這句用語本是由法文 tour d'ivoire 翻譯而來，意近中文的「象牙塔」，是指**與現實隔絕的夢想世界**。首先使用這個片語的是法國最有權威的文學批評家聖・佩韋 (Sainte Beuve)，在其於 1837 年發表的詩集 *Pensés d' Août* 中，用「象牙塔」批評當時浪漫主義作家維尼 (Alfred de Vigny)，認為他終日把自己關在塔樓裡尋求創作靈感，根本就是脫離現實，不知人間疾苦。至於為什麼會用「象牙色」做比喻呢？聖經《雅歌》(*Song of Songs*) 用象牙白歌頌一個人的純潔無瑕，所以這個顏色一方面代表天真無邪的赤子之心，一方面卻也表示缺乏世事歷練的無知。所以當我們要譏諷一些脫離現實的知識分子或藝術家時，就會說他們是居住在「象牙塔」裡的人。

例 If only political leaders would come down from their ***ivory tower***, they might know the people better.

如果政黨領導人能走出象牙塔，他們也許會更了解人民。

單元測驗 GHI

I. Matching

Match the idioms and phrases on the left with their definitions.

( ) 1. get a rise out of someone	(A) much better than others
( ) 2. give someone a break	(B) anger someone
( ) 3. head and shoulders above others	(C) with no clothes on
( ) 4. hit the hay	(D) give someone a chance
( ) 5. in the buff	(E) go to bed

II. Multiple Choice

Choose the best answer to complete each sentence.

( ) 1. Jessica looks healthy and happy. In other words, she is ______ now.

(A) in the red (B) in the black
(C) in the soup (D) in the pink

( ) 2. Ice-cream sales ______ since it is almost winter.

(A) go whole hog (B) get lost
(C) go south (D) get the sack

( ) 3. If you don't get this finished in time, you'll be ______.

(A) in a nutshell (B) in hot water
(C) in the swim (D) in the bag

( ) 4. The whole family was murdered ______.

(A) in the long run (B) in cold blood

(C) in the bag (D) in and out

( ) 5. Because of the sex scandal, the actor's career has ______.

(A) went to the dogs (B) held his horses

(C) gave a hand (D) hew and haw

III. Translations

Write down the Chinese meaning of each underlined idiom or phrase.

__________ 1. My teacher asks us to express our view <u>in a nutshell</u>.

__________ 2. I had a quarrel with my brother this morning, so he <u>gave me the cold shoulder</u> during dinner time.

__________ 3. The actress is now <u>in the limelight</u> after she made her debut in the movie.

__________ 4. He was new in the school, but he soon got <u>in the swim</u>.

Answers

I. 1. B 2. D 3. A 4. E 5. C

II. 1. D 2. C 3. B 4. B 5. A

III. 1. 簡單扼要 2. 冷漠以待 3. 注目的焦點 4. 進入狀況

★jack-of-all-trades

★jam tomorrow

★Janus-faced

★Jekyll and Hyde

★jerry-built

★Job's comforter

★jobs for the boys

★John Bull

★John Doe/Jane Doe

★John Hancock

★jump/climb/get on the bandwagon

★jump the gun

jack-of-all-trades 萬事通

sb. able to do a variety of different jobs well

有一句自十七世紀就流傳的諺語「Jack of all trades, master of none.」，意指「萬事皆通，樣樣不精」，而 jack of all trades 就是取自這個諺語。trade 是指「手藝」，而 jack 本應寫成大寫 Jack，由於當時很多人都以此為名，所以 Jack 也成了一般人的代稱，而 jack of all trades 就是指**任何手藝皆通的人**了。其他相關用語如：every man jack 強調的是「每個人」；cheap jack 是指「販賣廉價商品的小販」。

例 We gave him a job because we needed a ***jack-of-all-trades*** around the factory to look after the repairs. 我們給他這份工作，是因為工廠需要有個萬事通來做修繕的工作。

jam tomorrow 不可能實現的承諾

a pleasant promise which is never likely to be kept

當你年紀還小，爸媽是不是用過「明天再說」來婉轉拒絕你的要求？這個片語就是指這種**美麗但不太可能實現的承諾**。為什麼要用「明天就有果醬」來表達呢？這是引自英國著名童話作家路易斯・卡羅 (Lewis Carroll) 所著《愛麗絲夢遊仙境》的續集《鏡中奇緣》(*Through the Looking Glass*) 裡的一段話。故事裡提到白皇后想雇用愛麗絲當女傭，酬勞是每隔一天就有果醬吃，也就是：「明天有果醬，昨天有果醬，但就是今天沒有果醬。(The rule is, jam tomorrow and jam yesterday——but never jam today.)」後來果醬就象徵一種期望達成的美夢，而「明天才有果醬」只是用來搪塞別人的藉口，其實是不可能達到的！而西方口語中也常出現的 jam today，指的是「立即且令人滿意的結果」。

例 When we were young, we were always being promised ***jam tomorrow***.

當我們還小時，我們的要求總被一再拖延。

Janus-faced 表裡不一

two-faced or hypocritical

中國門神是我們熟知的唐朝大將秦瓊和尉遲恭，而西方人也有他們專屬的門神，那就是古羅馬神雅努斯 (Janus)。傳說中祂有兩張臉，可以同時看到前方的過去和後方的未來，因此人們將祂這種特徵引申暗指某人**有兩副面孔**甚至**表裡不一**。祂除了看守大門的工作外，還擁有一把力量之鑰，用以開啟所有大門，因此對西方人而言祂也是「開始」和「結束」之神。由於人們通常在每年的第一個月檢討過去、期許未來，因此英文又再度擷取 Janus 之名，以 January 代表 1 月。

例 How can you trust the words of a ***Janus-faced*** man?

你怎麼能相信一個偽君子的話呢？

Jekyll and Hyde

雙重人格者

sb. who has a two-side personality, one good and the other evil

這句用語來自英國作家史帝文森 (Robert Louis Stevenson) 於 1886 年出版的小說《化身博士》(*The Strange Case of Dr. Jekyll and Mr. Hyde*)。故事描述一位善良的醫生哲基爾 (Dr. Jekyll)，發明一種可以讓人同時擁有不同性格的變身藥，為了感受人性的善惡，他將自己當作實驗品吞下了藥。從此每到晚上哲基爾就變身成邪惡的海德 (Mr. Hyde)，做盡壞事；白天他又變回受人尊敬的哲基爾。就這樣日復一日，邪惡最終戰勝了良善，連哲基爾也無法從這種雙重人格中抽離，最後只得走上自殺一途。這本著作後來被改編成電影、音樂劇等，受到廣泛的迴響，於是 Jekyll and Hyde 就成了**雙重人格者**的代稱。

例 Her father has become someone of a ***Jekyll and Hyde*** since he started drinking.

她爸爸開始喝酒後，就好像變了一個人似的。

註 史帝文森 (1850–1894) 原是名律師，後來才轉向寫作。他於 1883 年出版一部傳奇式冒險小說《金銀島》(*Treasure Island*) 而成名，從此走上浪漫小說的寫作道路。

jerry-built 偷工減料
built quickly and badly using cheap materials

jerry-built 是指**偷工減料建成**的意思。它的來源眾說紛紜，有人說以前有個名為 Jerry 的建設公司，因為他們負責的工程都很粗劣，所以才有這個用語出現；另有人認為，由於在約旦古城耶律哥 (Jericho) 曾發生多面城牆倒塌現象，而 Jeri 的音與 Jerry 相似，於是才有這個用法；還有人說這個用語是由吉普賽語 gerry 而來，指的是糞便，而用排泄物建造出的東西當然沒有任何品質保證囉！

例 The houses were ***jerry-built***——they're only two years old and they're already falling apart. 這些房子是偷工減料建成的，因為它們只蓋了兩年，就幾乎要解體了。

Job's comforter
好意安慰卻使人更加沮喪的人
sb. who intends to comfort but increases distress

這句用語源自舊約聖經《約伯記》(*Job*)。根據記載，上帝為了試煉祂的信徒約伯 (Job)，於是讓他經歷了一般人所不能承受的苦難，包括失去財富、健康、甚至家人，但約伯始終堅守著對上帝的信念，一路走來並未被苦難擊垮，最後得到上帝最大的恩賜。可是在一切磨難尚未結束前，約伯的朋友安慰他時，竟誤會他是因為身上有許多罪孽才會受到懲罰，讓他的心情反而更加沉重。後來當有人**要安慰別人卻反而使人更痛苦**時，我們就會說他像是「約伯身旁的安慰者」。

例 Tom is really a ***Job's comforter*** because what he said makes me more discouraged. Tom 真不會安慰人，因為聽了他說的話反而讓我更沮喪。

jobs for the boys 靠關係得來的職位

work that is given by sb. who is in an important position to their friends or members of their family

這裡的 boys 是指英國公立學校的畢業生 (稱 old boys)。由於這些學生畢業後會組成一個名為「老同學關係網」(old-boy network) 的組織，讓一些來自上層社會的權貴子弟，能夠共同分享某些利益或權力，甚至是良好的工作機會，而一般中下階級根本不可能有機會打進這個圈子，所以當**某人徇私，只任命親朋好友擔任重要職位**時，我們就稱這些是 jobs for the boys。

例 They operated a system of ***jobs for the boys***.
他們經營的組織只任用有背景關係的人。

John Bull 英國(人)

a personification of England and the English people

在許多漫畫家以及文人筆下，「約翰牛」常被用來代稱「英國」，這個聽起來相當俏皮的稱呼，最早出現在 1712 年蘇格蘭作家兼醫生阿布希諾特 (John Arbuthnot) 出版的諷刺文集《約翰牛的歷史》(*The History of John Bull*)。他將英國擬人化，創造主角「約翰牛」象徵典型的英國人，藉

以諷刺當時政黨對英、法兩國的戰爭政策。由於這本書將「約翰牛」刻畫成一個性情頑固、急躁、個子矮胖、且舉止笨拙的紳士，而後漫畫家又依據此書將英國人畫成頭戴禮帽，身穿燕尾服和長筒靴的矮胖紳士，形象生動逼真而受到讀者廣大的迴響，因此「約翰牛」就理所當然地成了**英國**或**英國人**的代名詞。

例 Those ***John Bulls*** are coming out of the plane.
那些英國人正從飛機裡走出來。

註 約翰·阿布希諾特 (1667–1735) 是英國作家，同時也是科學家和醫生。他曾擔任英國女王安妮 (Anne) 的內科醫師，而他最為人稱道的是寫諷刺文章的才華。

John Doe/Jane Doe　無名氏；普通人

a name used for an unknown person; an ordinary person

當西方人遇到一個不知其姓名的男性時，會稱他為 John Doe，而女性就稱她為 Jane Doe。這兩個名字的來源可追溯至英王愛德華三世統治的時代，當時法院正在討論不動產收回訴訟案的法律程序，為了讓辯論順利進行，法院編造一個名為 John Doe 的人為原告，描述他是如何把土地租給別人，最後卻被對方侵占。因為這個訴訟案，後來的人就沿用 John Doe 這個虛名代表**任何不知名的人士**或**普通人**。為了在性別上有所區分，又將 John 改成了 Jane 這個普遍的女性名，代表不知名的女性。

例 The police found a ***John Doe*** lying on the street last night.
警方昨晚發現一個無名氏躺在街上。

John Hancock 簽名

sb.'s signature

John Hancock 是人名，在美國卻用來指某人的「**親筆簽名**」，究竟他是誰，能成為大家簽名的代稱呢？在 1776 年美國發表「獨立宣言」時，第一個在這份文件簽名的就是這位政治家 John Hancock，他刻意將自己的名字簽得特別大，因為「這樣一來，英王喬治應該看的到了！」獨立戰爭勝利後，他當上了美國麻薩諸塞州 (Massachusetts) 的州長，而他的名字也流傳下來，成為「簽名」的同義詞。

例 Please put your ***John Hancock*** at the bottom of this page.
請在這一頁的下方簽上你的名字。

jump/climb/get on the bandwagon 表態支持

to show support for a popular movement with intent to profit easy material benefit

以往參加競選的候選人為了吸引大家的注意，會請樂隊在馬車上演奏，並安排這輛馬車在造勢隊伍的最前面，這種有樂隊的競選馬車就稱作 bandwagon。當候選人在吹吹打打的樂隊馬車上發表演說時，有些想公開表態的群眾，就會跳上車表示對這個候選人的支持。雖然這種馬車現在已不復見，我們還是用「跳上樂隊馬車」比喻**隨聲附和**或**表態支持**。後來更有人認為跳上這種開在最前面的樂隊車很風光，因此這句話也引申為**趕流行**、**趕時髦**的意思。

例 More and more people are ***jumping on the bandwagon*** to

denounce cigarette smoking in public places.
越來越多人表態譴責在公共場所吸煙的行為。

jump the gun 操之過急

to act, move, or start doing sth. too soon

這句用語源於田徑場，jump 是指「起跑」，gun 則是裁判在起跑點上拿的槍。比賽時有些選手會因緊張，在裁判還沒有鳴槍之前就衝了出去，因此當有人**做事操之過急**或**草率行事**時，我們就會說他是「在槍聲之前搶跑」。

例 Don’t ***jump the gun*** before you really know what’s going on. 在你確切地知道發生什麼事之前別操之過急。

- ★kangaroo court
- ★keep a stiff upper lip
- ★keep an/sb.'s ear to the ground
- ★keep body and soul together
- ★keep/put sb.'s nose to the grindstone
- ★keep (sb.) posted
- ★keep sb.'s eyes peeled/ skinned
- ★keep sb.'s pecker up
- ★keep sb.'s powder dry
- ★keep sb.'s shirt on
- ★keep sb./sth. at bay
- ★keep the ball rolling
- ★keep the wolf from the door
- ★keep up with the Joneses
- ★kick sb.'s heels
- ★kick the bucket
- ★kill the fatted calf
- ★kill the goose that lays the golden eggs
- ★knock off
- ★knock on wood
- ★know/learn the ropes

kangaroo court　非法法庭

an irregular unauthorized court

「袋鼠法庭」既不是由袋鼠組成的，也不是為了袋鼠而進行的審判，而是特別指**不符合法律規範的法庭審判**或**非法法庭**。講到袋鼠，或許你會聯想到牠們的故鄉澳洲，但歷史上第一個 kangaroo court 卻出現於 1850 年代掀起淘金熱潮的美國西部地區。至於為什麼會用袋鼠來表達呢？有人說是因為在私設的審判堂裡，總有許多不按牌理出牌、甚至不合理的判決，審判的結果更常有一百八十度變化，就像袋鼠蹦蹦跳跳、不穩定的習性，因此得名；另有人認為，當時很多美國西部居民根本沒聽過或看過袋鼠，對他們而言，袋鼠這種動物根本破壞了大自然定律，所以 kangaroo 幾乎是「奇特、不平常」的同義詞，而用牠來指不合常理的非法法庭當然是最貼切了。

例　The judge convicted Tom, but it was like a ***kangaroo court*** and nobody agreed with the decision.　法官判 Tom 有罪是不符合法律程序的審判，所以沒有人同意這個決定。

keep a stiff upper lip
保持堅定沉著
to show courage in the face of pain or adversity

你是否曾發現，很多人在憤怒、恐懼或悲傷時，他們的上唇會不自覺地顫抖，而為了控制情緒，他們總會緊繃著嘴唇，讓自己冷靜下來。所以當我們要鼓勵別人**保持堅強和勇敢**時，就會要他「保持著繃緊的上嘴唇」，不要被困難擊倒。

例 I know that things are tough for you now, but try to ***keep a stiff upper lip***.

我知道你現在遇到許多困難的事，但試著堅強面對吧！

keep an/sb.'s ear to the ground
留意可能發生的事
to be well-informed about events and trends

大約一百五十年前，美洲新大陸的拓荒者前往西部拓荒，從當地印第安人身上學到一個求生訣竅：印第安人會把耳朵貼在地面上，藉此聽到幾百里外野獸奔跑的聲音，如此才能在獸群狂奔而來之前找地方躲避。因此，後人就用「把耳朵貼在地面上」表示**對事情保持高敏銳度，及早發現將會發生事情的預兆**。

例 I'll ***keep an ear to the ground*** and inform you if there's any vacancies. 我會隨時留意，一有空缺就馬上告訴你。

keep body and soul together
勉強餬口

to support life or to survive

對西方人而言，「靈魂」是賦予人生命的重要元素，肉體和靈魂如果沒有結合在一起，就彷彿是個死人般無法繼續生存，因此才用「保持肉體和靈魂在一起」來表示**維持生活**或**繼續活下去**的意思。

例 I was earning barely enough money to ***keep body and soul together***. 我所賺的錢只夠勉強餬口。

keep/put sb.'s nose to the grindstone **埋頭苦幹**

to work hard and continuously

這句用語最早出現於 1532 年，而 grindstone 是當時用來磨利工具的旋轉式磨石。由於用這種磨石磨利器具，不僅耗費體力，過程中產生的粉末也會讓鼻子感到相當不舒服，於是當我們形容某人**硬著頭皮苦幹**，就會用「讓自己的鼻子對著石磨」比喻。

例 You will have to ***keep your nose to the grindstone*** if you intend to finish this paperwork in one day. 如果你想在一天之內完成這項文書工作，你就必須要埋頭苦幹了。

keep (sb.) posted **隨時提供新消息**

to keep sb. supplied with up-to-date information

post 在這裡是「過帳」的意思，也就是將公司職員每日經手的分類帳轉成總帳的手續。由於整理成總帳所需的資料都是即時的，所以西方人就用這句成語表示**掌握最新資訊**。

例 I'll ***keep you posted*** and let you know if things change.
如果事情有變，我會讓你知道最新狀況。

keep sb.'s eyes peeled/skinned 仔細留意

to be watchful; to pay attention

如果有人走路莽莽撞撞，我們會說他走路不長眼睛，要他把眼睛睜開點兒！這句成語「讓眼睛保持剝皮的狀態」，就是用來提醒人**提高警覺、睜亮雙眼**。因為西方人認為有些人的雙眼就是被眼皮遮住了，才不懂得注意四周環境，對身旁事物的反應也不夠機警，於是才有這句成語產生。

例 Be sure to ***keep your eyes peeled*** when you drive during the rush hour.
當你在交通尖峰時刻開車時，務必要提高警覺。

keep sb.'s pecker up 振作精神

to show courage or good spirits

pecker 是指「鳥嘴」。這句成語來自互鬥的公雞，一旦某隻公雞的喙在爭鬥中漸漸壓低，就表示離失敗越來越近了。因此當西方人鼓勵別人**打起精神來面對挑戰和困境**時，就會開玩笑地要人像公雞一樣仰起嘴巴，抬頭面對一切。另一個用語：keep sb.'s chin up「抬起下巴」也有相同的含意。

例 Despite all the difficulties, John ***kept his pecker up***.
儘管有這麼多的困難，John 絲毫不氣餒。

keep sb.'s powder dry

隨時準備

to stay prepared for action

這裡 powder 指的是火藥，而「保持某人的火藥乾燥」則是要人**保持警戒、隨時做好準備**。以往打仗用的槍或大砲是利用引燃火藥後的爆發力發射，因此槍膛及砲筒裡的火藥粉就一定要保持乾燥，以利作戰時順利點火引燃。後來「保持某人的火藥乾燥」就被用來表示「隨時做好準備」的意思。

例 With the approaching of the test, I'll try to ***keep my powder dry*** a little more.

隨著考試的逼近，我會設法讓自己多做一些準備。

keep sb.'s shirt on

保持冷靜

to calm down; to be patient

在以往機器生產尚未普遍的年代，日常用品大多是人工製造。由於製作襯衫需要大量的手工，價錢相對也較高，因此當人們發生爭執時，為了怕雙方大打出手會把珍貴的襯衫扯壞，大多會先脫下衣服後再繼續理論。反之，當我們要某人「把襯衫穿上」，就表示勸他**冷靜下來，耐心等待**的意思。

例 Just ***keep your shirt on***, dinner is almost ready.

再忍耐一下，晚餐就快準備好了。

keep sb./sth. at bay
阻止某人(物)靠近
to prevent sb. or sth. unpleasant from coming too close

很久以前，人們發現月桂樹 (bay) 即使在雷電交加的天氣，也很少被雷擊中，因此深信它擁有神祕的力量。古人在雷雨來臨時把月桂樹葉穿在身上，相信這樣一來便不會被雷擊中；此外，他們也會把月桂葉當成驅蟲劑，用來驅逐毒蛇毒蟲，甚至是超自然的邪惡力量。無論月桂樹是否真有這些神奇的功效，後人仍用這句成語表示**使某人、某物不能靠近**。

例 He ***kept*** me ***at bay*** with a long knife.
他手拿一把長刀阻止我接近。

keep the ball rolling
保持運作
to maintain the progress of a project or a plan

此片語出現在 1840 年的美國總統選舉時，威廉哈里森 (William Harrison) 將軍的競選文宣，他用一個直徑 10 英尺的鐵球作為他的勝利球，要他的支持者念著「keep the ball rolling」，並將球從一個競選場合推到另一個競選場合。而後就被用來引申為**保持事情運作**。

例 Even if some of our team members are gone, we still need to ***keep the ball rolling*** and never give up. 即使我們的部分隊員離開了，我們仍然要保持球隊運作並且永不放棄。

keep the wolf from the door

免於飢餓

to keep away poverty or prevent starvation

如果你讀過《三隻小豬》(*The Three Little Pigs*)，一定對裡面的大野狼印象深刻！故事中的三隻小豬長大之後，離開媽媽到外地謀生。其中豬大哥跟豬二哥因貪圖方便，選了稻草和木頭蓋房子，讓飢餓的野狼輕而易舉地吹倒房子，將牠們吞進肚子；而豬小弟因為用磚頭蓋房子，並機靈應對，才逃過一劫。由於後來有許多故事也將野狼塑造成飢腸轆轆的樣子，於是「狼」在西方人眼中就成了「飢餓」的象徵，而「拒野狼於門外」也就是**免於飢餓**的意思了。由此衍生的用語還有動詞片語 wolf down，表示「狼吞虎嚥地吃」。

例 I would take any job now, just to ***keep the wolf from the door***. 我現在任何工作都願意做，只要不會挨餓就好。

keep up with the Joneses
與鄰居比排場
to compete socially with one's neighbors

keep up with 指的是「跟上、趕上」，而這句成語「趕上瓊斯家族」卻是**和左鄰右舍比排場、比闊氣**的意思。但瓊斯家族是誰呢？原來 *Keeping Up With the Joneses* 是美國相當受歡迎的連載漫畫標題，最早由漫畫家 Arthur R. Momand 於 1913 年發表。這個漫畫說的是漫畫家自己本身的故事：他和妻子住在紐約城外長島 (Long Island) 的某個小鎮，是個有錢人居住的地區，當他知道鄰居都是鄉村俱樂部成員時，為了「輸人不輸陣」，他自己也加入；見人家騎馬，他也去買馬；見鄰居雇用僕人，他也照做。一切彷彿是鄰居間的競賽，每個人都不想被比下去。鑒於社會上有許多人跟他有相同的心態，於是就把自己的經驗畫進漫畫裡，又用美國常見的姓 Jones 象徵社會地位和生活水準較高的鄰居，而 keep up with the Joneses 就表示與鄰居比闊氣的行為。

例 Their buying a new sports car is just another attempt to ***keep up with the Joneses***.
他們買新跑車，只不過是為了要跟鄰居比闊氣罷了。

kick sb.'s heels　久候
to be kept waiting

這句成語是**久候**的意思。在電話、車子還沒有發明的年代，人們溝通信息和代步的主要工具就是馬。可是這些馬跑久了，鐵製的馬蹄會過熱，只得讓牠們休息一段時間，等馬蹄涼了再上路。而在等待的期間，人們常會不耐煩地跺腳後跟，因此西方人才用 kick sb.'s heels 表示久候的意思。也有人用 cool sb.'s heels「讓某人的腳後跟冷卻下來」婉轉表達久等的意思。要提醒大家的是，相似的成語 kick up sb.'s heels「踢高腳後跟」含意可是大不相同！因為人們見馬兒前腳往前伸展、後腳往上踢的奔馳模樣，彷彿正在享受無拘無束的生活，因此就用這句話比喻尋歡作樂、消遣時間。

例 Although I arrived on time for the meeting, I was left ***kicking my heels*** for half an hour.

雖然我準時到達會場，卻被留在門外等候了半個小時。

kick the bucket　死亡

to die

這句成語出現在十六世紀，關於其由來有兩種說法：一說是 bucket 有「建築物的橫樑」之意。當時屠宰場會以綁住後腿的方式，將豬隻倒掛在大樑上宰殺。有些可憐的豬隻在臨死前會掙扎猛踢大樑，所以 kick the bucket 才被引申為**翹辮子**的意思。另一說法則認為上吊自殺者會站在桶子 (bucket) 上，等他用腳把桶子一踢，便會懸空吊死，所以我們就用這句成語表示某人**一命歸天**。

例 That old man looks like he's ready to ***kick the bucket***.

這個老人看來命在旦夕。

kill the fatted calf　設宴款待

to welcome with the best of everything

這句成語取自聖經《路加福音》(*Luke*) 第十五章，耶穌

(Jesus) 對信徒說的一個故事：有個人生了兩個兒子，其中小兒子長大後吵著要父親分家產，然後拿著變賣家產所得的錢到處揮霍。等他把錢花光了，又歷經飢餓的折磨，才覺悟自己做錯事，回到父親的身邊。父親見到他非常高興，要僕人幫他換上最好的衣物，並宰殺最肥的小牛 (calf) 歡迎他回家。大兒子看了覺得心理不平衡，質問父親為什麼這麼偏袒弟弟，這時父親才解釋說：「因為弟弟是失而復得、死而復生，所以我們更應開心地迎接他。」後來西方人要表示**熱情款待回家的遊子**或**來賓**時，就會說「殺了那頭最肥的小牛」吧！

例 Whenever she comes to visit us, we always ***kill the fatted calf***. 無論她何時來拜訪我們，我們都會熱情款待她。

kill the goose that lays the golden eggs 殺雞取卵

to destroy a source of profit through stupidity or greed

這句成語源於《伊索寓言》(*Aesop's Fables*)，意近中文的「殺雞取卵」、「竭澤而漁」。故事提到有位農夫意外得到一隻會下金蛋的鵝，靠著每天賣一顆金蛋而賺了不少錢。可是日子一久，農夫變得越來越貪心，他覺得這隻鵝每天只下一顆金蛋實在太少，所以就殺了牠，想挖出鵝肚子裡所有的金蛋，可是鵝肚子裡卻什麼也沒有，農夫也永遠失去這隻會下金蛋的鵝。後來當人們要暗諷有些人**只知貪圖眼前需要，而斷絕自己將來的資源**時，就會說他「殺了會下金蛋的鵝」。

例 If the government keeps raising taxes, it will ***kill the goose that lays the golden eggs***.

如果政府持續增稅，無疑是斷了自己的後路。

knock off 停止
to take a break; to cease working

knock 指的是敲打，而這裡的 knock off 卻是**停止、歇工**的意思，究竟這個引申義從何而來呢？原來古代歐洲人作戰和通商大多使用槳帆船 (galley)， 這種帆船左右兩邊都有船槳，並由奴隸或囚犯划槳前進。為了讓划槳的速度一致，會有人負責用槌子敲打木頭以製造節拍，指揮大家的動作。一旦敲打聲停止，就表示應該停止划槳。後來我們就用 knock off 示意該休息或換班了。

例 I feel sick and I'm going to ***knock off*** earlier today.
我不舒服，今天要提早休息。

knock on wood 老天保佑
if good luck is willing

當有人說「Knock on wood!」，你可別覺得奇怪為什麼要去「敲木頭」，因為這句話是用來**祈求好運，希望厄運不要降臨**。「敲木頭」（英國人說成 touch wood）這句用語源自西方人的迷信，由於基督徒認為耶穌是為背負眾人的罪，才被釘在木製十字架上處死，因此木頭就成為神聖的象徵，當你敲敲木頭時，自然會受到上帝的保佑而帶來好運。另有人認為這個討吉利的用語和愛爾蘭人的傳說有關，因為他們相信善良的小精靈就住在樹上，當你敲敲木頭時，就能讓他們為你帶來好運。

例 I am going to have a test. ***Knock on wood***.
我等一下有考試，老天保佑。

✿ know/learn the ropes 懂得要領

to be informed about the details of a situation or task

這是句海事用語，rope 指「繩索」。以往使用帆船航行的年代，身為水手，首先要知道船上錯綜複雜的繩索名稱和功能，進而學習控制帆船，因此「懂得如何使用繩索」就等於習得了當船員所需的工作訣竅。後來西方人就將 know the ropes 引申為**知道某事的內情**或**知道如何完成任務的訣竅**。

例 I think she's new here and still doesn't ***know the ropes*** yet.
我認為她還是個新手，而且尚未熟知任何訣竅。

★lame duck

★land of Nod

★laugh up sb.'s sleeve

★laughing stock

★law of the jungle

★lay it on thick/with a trowel

★lead sb. by the nose

★let sb.'s hair down

★let sleeping dogs lie

★let the cat out of the bag

★let the chips fall where they may

★lick and a promise

★life of Riley

★lion's share

★live (from) hand to mouth

★lock, stock, and barrel

★(be) long in the tooth

★long shot

★look before you leap

lame duck

跛腳鴨；不太成功的人(或事物)

a political official whose period in office will soon end; sb. helpless or ineffective

如果你曾觀察鴨子走路，就會發現牠們的身姿都是搖搖晃晃的，如果再有一隻跛腳，那就更走不穩了！這句成語首次出現在十八世紀，用來形容倫敦證券所裡因買賣股票而破產的人，因為失去金錢讓他們失魂落魄、步履蹣跚似「跛腳鴨」的姿態。後來到了十九世紀的美國，由於任期即將屆滿的官員（尤其是總統）在脫離權力核心前，總感覺些許落寞，步履也顯得沉重，於是我們就用「跛腳鴨」暗喻這些**即將卸任的官員**或諷刺**沒有能力的人**。

例 He is such a ***lame duck*** that he can't get anything accomplished. 他是如此無能，以致於無法完成任何事。

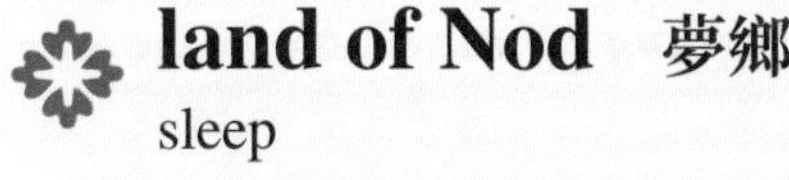

land of Nod 夢鄉

sleep

這句用語來自舊約聖經《創世紀》(*Genesis*)。故事說到人類的始祖亞當 (Adam) 和夏娃 (Eve) 生了兩個兒子，哥哥該隱 (Cain) 和弟弟亞伯 (Abel)。他們長大之後，有一天兩人分別將供品獻給上帝，沒想到上帝只收了亞伯的供品，於是該隱對上帝的偏袒行為懷恨在心，並將怒氣轉移到亞伯身上，在一次激烈爭吵之後竟殺死了弟弟。上帝知道了這件事，將該隱驅逐到伊甸東邊的「挪得之地」(the land of Nod)。聖經裡的「挪得之地」原是希伯來文的「飄泊之地」，和睡覺沒有關係，但由於它的英譯為 Nod，而小寫 nod 指的是「打瞌睡」，於是後人就語帶雙關地將 land of Nod 戲稱為「夢鄉」，作**睡覺**之意。

例 My brother is in the ***land of Nod***, so don't disturb him.
我弟弟正在睡覺，所以不要打擾他。

laugh up sb.'s sleeve

竊笑

to laugh secretly, often in mockery or self-satisfaction

這句成語最早出現於十六世紀中葉，原作 laugh in sb.'s sleeve，後來才被 laugh up sb.'s sleeve 取代。以前的袖子都很寬大，有人在笑的時候會習慣用大袖子遮住自己的臉，於是十八世紀英國著名的喜劇作家謝雷登 (Richard Sheridan) 在其作品《情敵》(*The Rivals*) 裡，就用 laugh in sb.'s sleeve 暗指**竊笑別人的失敗**或**差錯**，而後這句成語才普遍用來指**取笑別人**的意思。

例 I sensed that Tony was ***laughing up his sleeve*** at me when I didn't get promoted.
當我沒有獲得升遷時，我感覺 Tony 在嘲笑我。

laughing stock 笑柄

someone has done sth. stupid that everyone laughs at him/her

在中世紀的英格蘭，如果犯罪的人們遭到逮捕，會被綁在一種由木頭製作的刑具——頸手枷 (the stocks) 中。這些被刑具固定的受刑人，在接受公眾圍觀時，經常受到路人目光的羞辱或是言語譏諷。因此後人就使用 laughing stock 來表示**笑柄**。

例 The soccer team has become the ***laughing stock*** of the international game.

這支足球隊已成為國際比賽的笑柄了。

law of the jungle 弱肉強食的法則

rules for surviving or succeeding in competition by fighting for oneself

你是否看過暢銷兒童讀物《森林王子》(*The Jungle Book*)？故事描述主角毛吉利 (Mowgli) 因被兇猛的老虎襲擊而被遺留在叢林裡，幸好被善良的狼群收養。他的好朋友包括大熊、黑豹、大象等動物，不僅教他許多在叢林中生存的祕訣，幫助他躲避其他邪惡動物的襲擊，更陪著他健康成長。law of the jungle 就是引自這本由諾貝爾文學獎得主吉卜林 (Rudyard Kipling) 於 1894 年發表的作品。在書中，吉卜林描述的叢林世界是個有情有義的地方；但現實生活裡，叢林卻被認為是隱藏著許多致命危機的地方，所有的生物都必須在你爭我奪中求生存。於是西方人就巧妙地用「叢林法則」比喻**弱肉強食的自然法則**，或引申為**無法無天的作為**。

例 We don't hope for a world where only the ***law of the jungle*** governs the conduct of nations. 我們不希望這個世界是以弱肉強食的法則來約束各國行為。

lay it on thick/with a trowel

言過其實

to exaggerate; to flatter effusively

這裡的 lay it on 指的是「塗上顏料」或「塗抹石膏」。想像一下，如果作畫者不斷在作品上塗上一層又一層的顏料，是不是給人一種失真、造假的感覺呢？因此要表示某人**說話言過其實**或**拼命想恭維他人**時，就會用「塗得很厚」暗諷他。另一個含意相同的成語 lay it on with a trowel，則出自莎士比亞 (William Shakespeare) 的喜劇《皆大歡喜》(*As You Like It*)，用來諷刺**有技巧地誇張事實的人**，就像泥水匠用泥刀反覆仔細塗抹灰泥一樣。

例 He hurt his hand in the accident, and was ***laying it on thick*** about how painful it was.
他在那場意外中弄傷了手，並誇張地訴說傷有多痛。

lead sb. by the nose

牽著某人的鼻子走

to dominate or control sb.

以往農夫在飼養如牛、驢子等牲畜時，會在牠們的鼻子上穿鼻環，方便將繩子套在鼻環上，藉此控制牠們的行動。因此莎士比亞 (William Shakespeare) 在他所寫四大悲劇之一的《奧賽羅》(*Othello*) 中就提到：「摩爾人很坦白率直，看見人家表面上裝出一副忠厚老實的樣子，就以為他一定是個好人，可以像驢子一樣被人牽著鼻子走。(The Moor is of a free and open nature,/That thinks men honest that but seem to be so,/And will as tenderly be led by the nose/As asses are.)」後人引用莎翁這段話，用「牽著某人的鼻子走」喻指**完全掌控某人，使其聽命於己**。

例 The man has been ***leading his wife by the nose*** since they got married. 這男人從結婚後就一直控制著他老婆。

let sb.'s hair down 放輕鬆

to behave in a free or uninhibited manner

過去西方的女孩大多留著長髮，當她們外出或出席各種社交場合時，就會用髮夾將自己的頭髮整齊地盤起來；只有回到家中臥房時，才會將頭上的髮夾、裝飾品一一拿下，讓頭髮自然地披在肩上。因此當某人的頭髮是垂下的時候，就表示這個人是處於相當放鬆、毫無拘束的狀態。這句用語原本用來指女性，但現在無論任何性別，當要表示**不必拘泥於禮節、輕鬆一下**時，就會說「讓頭髮放下來」吧！

例 It's wonderful to ***let my hair down*** on the weekend after I've been working hard all week. 在我辛苦工作一整週後，能在週末輕鬆一下真是太好了。

let sleeping dogs lie
莫惹事生非
to avoid restarting old conflicts

想像一下，如果狗正安詳地睡覺，你卻去招惹牠，恐怕會被咬吧！其實早在十三世紀，英文就出現「讓睡著的狗躺著」這句俗語，用來勸人**不要招惹不必要的麻煩**。

例 She ***let sleeping dogs lie*** though she knew what was going on in Frank's family. 雖然她知道 Frank 家裡發生了什麼事，但她不想去惹事生非。

let the cat out of the bag
洩密
to disclose a secret

這句成語源於以往的英國市集。由於豬隻賣出時會被裝進袋子裡，有些不肖商人就偷偷用貓將豬掉包，欺騙粗心的顧客，但如果貓不小心跑出袋子，整個騙局就被拆穿了！因此當有人**洩漏祕密**時，西方人就會俏皮地說「裝在袋子裡的貓已經跑出來了！」此外，我們也會用 buy a pig in a poke（買裝在袋子裡的豬）形容亂買東西的人，因為這些人常常沒看清楚貨品，就急著買下來。

例 We wanted Father's party to be a surprise, but Mom ***let the cat out of the bag***. 我們本來想幫爸爸辦一個驚喜派對，但是媽媽洩漏了這個祕密。

let the chips fall where they may
順其自然
no matter what the consequences are

「讓木屑掉在它們可能掉下來的地方」常被西方人用來鼓勵別人勇往直前去做正確的事，不要管後果是什麼。以伐木工人的工作而言，他們最主要的任務是要砍下木頭，過程中並不需要斤斤計較小木屑會掉在哪兒等雞毛蒜皮的小事。西方人於是以此作隱喻，用這句話表示**順其自然，不去計較後果如何**的意思。

例 The police chief told his men to give tickets to all speeders and ***let the chips fall where they may***. 警官告訴他的屬下無論後果為何，遇到超速者都要開罰單。

lick and a promise 敷衍了事
sth. done hurriedly and carelessly, especially a quick wash

這個片語表示**草率地做工作**或**打掃**，可是單從字面上來看，它和「敷衍了事」根本是八竿子打不著關係！這句用語的出現是因為動物（尤其是貓）在弄髒自己時，常會有舔舔前掌然後很快地搔臉的清潔動作，看起來像個髒兮兮的人，隨便梳理一下之後就對別人承諾：「好啦！等我有空再徹底弄乾淨。」可是這種承諾不管做了多少回，同樣的情況仍會不斷出現。於是西方人在嘲諷草草了事或馬虎打掃的人時，就會說他像貓「舔一下，且做出承諾」般敷衍。

例 We didn't have time to clean thoroughly, but gave the

classroom a ***lick and a promise***.

我們沒有時間徹底打掃，只是把教室草草地整理了一下。

life of Riley　安逸舒適的生活

to have a happy life without hard work, problems or worries

1890 年代有一首膾炙人口的歌曲，描述一個名叫 Riley (or Reilly) 的旅館老闆滿心歡喜地幻想，如果有一天他當上總統或發了財，要如何讓所有紐約客過著夜夜笙歌的奢華生活。後來到了 1948 年，有人就以此製作一部影集，劇中主角 Chester A. Riley 是個在布魯克林區工作的工人，他雖然整日遊蕩，但總是能花很少的力氣做事，就得到令人意想不到的好結局。由於這部詼諧有趣的影集受到大家的歡迎，後來當我們形容某人過著**安逸舒適的生活**時，就會說他過著如同「Riley 的生活」。

例 He lived the ***life of Riley***, having inherited a huge amount of money.　他繼承了大筆遺產，過著無憂無慮的生活。

lion's share　最大、最多的好處

the largest part of sth.

這個片語源自《伊索寓言》(*Aesop's Fables*)。話說有一天獅子和三位朋友野狼、驢子、和狐狸約好一同去打獵，很幸運地牠們很快就捕殺到了獵物。可是這下問題來了，到底要怎麼分配這些戰利品呢?獅子先要大家把獵物等分成四份，然後說：「由於我公平的裁決，所以四分之一先歸我；因為我的勇猛捕殺，所以應該再拿四分之一；至於我太太和小孩只要四分之一就好了，剩下的最後一份就讓我們公平搏鬥決定吧！」結果可想而知是被霸道的獅子獨吞了。後來我們就用「獅子的那一份」表示某事或某物**最大、最好的那一份**。

例 As usual, my younger sister took ***the lion's share*** of the pizza. 和往常一樣，我妹妹得到最大的那一塊比薩。

live (from) hand to mouth 生活拮据

to have only enough money to pay for basic needs

這句成語源於美國經濟大蕭條 (the Great Depression) 時期。在 1929–1939 年間，美國面臨空前的經濟危機，人民過著有一餐沒一餐的苦日子。在這種飢餓的情況下，想像如果有人在你手裡放了可以吃的東西，你一定會毫不猶豫地把它塞進嘴巴裡。因此當我們說某人**過著勉強糊口的生活**，就會說他是過著「直接把手裡的東西往嘴裡送」的生活。

例 Dan lost his job last month, so he ***lived from hand to mouth***. Dan 上個月失業了，所以他過著拮据的生活。

lock, stock, and barrel 每個部分

including every part of sth.

lock 、 stock 和 barrel 是指組成槍枝的三個主要部分 。lock 是「槍機」，像門鎖一樣用來防止扣扳機前，子彈不聽使喚四處亂飛；stock 稱 「槍托」，為木頭製 ，可靠在肩上；barrel 則是「槍管」，子彈發射時的路徑。雖然槍枝在好幾百年前就存在了，但直到美國獨立運動和拿破崙戰役，槍才開始被大量使用，後人就用這三個槍的主要部分表示**全部**之意。

例 I want to buy the house and the furniture, ***lock, stock, and barrel***. 我想要買這間房子和家具，所有的設備全包。

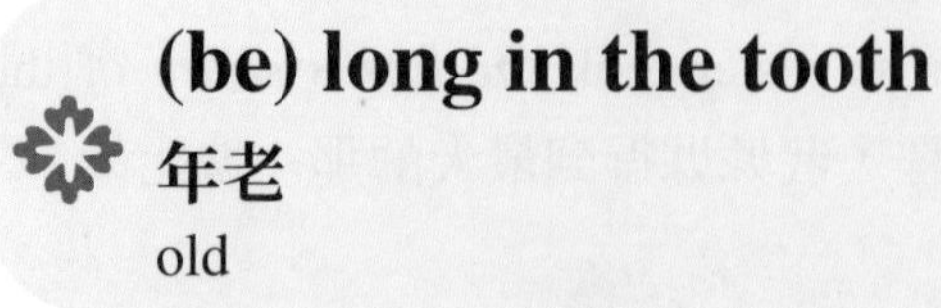

(be) long in the tooth

年老

old

由於馬兒隨著年齡增長，齒齦也會跟著往後縮，使馬牙顯得特別長，所以有經驗的馴馬師或販馬商，都知道要檢查馬牙的長短來判斷馬的實際年齡和價值，後來人們就用 long in the tooth 表示**上了年紀**的意思。

例 I ***am*** too ***long in the tooth*** to take this stressful job.
我年紀太大，無法勝任這個充滿壓力的工作。

long shot

勝算不大

an attempt which is unlikely to succeed

就字面上來說，long shot 指的是「長射」，也就是遠距離射擊。由於以往槍枝的製作並不精良，射擊範圍會有一定的限制，如果超過了這個距離，打中靶子的機會就變得很渺茫，因此西方人就用「長射」比喻**達到某個目標的機率很小**。而這個俗語現在更被廣泛應用在賽馬場上，表示下注在某匹馬身上的獲勝機率很小。

例 It was a ***long shot*** that he would get the job.
他不太有希望得到這個工作。

look before you leap 三思而後行

to think of the consequences before doing sth.

這句常見的諺語出自《伊索寓言》(*Aesop's Fables*)。話說有一天狐狸不小心掉進了深井裡而沒辦法跳出來，就在牠感到一籌莫展時，一隻口渴的山羊正好經過這口井。這時狡猾的狐狸裝出很愉快的神情說:「這裡的水真可口，要不要下來嚐嚐呢？」山羊聽了這番話，竟不疑有他就跳了下去。接著狐狸又向山羊借了牠的前角，說等牠跳上井後，就會想辦法把山羊也救上來。可是等狐狸順利爬上去後，牠卻只是回過頭取笑山羊:「你這個笨蛋！誰叫你跳下來之前不看清楚，才讓自己陷入困境。」因為這則故事，當我們要叮嚀別人**三思而後行、謹慎做事**時，就會使用這句成語。

例 Quitting your job is not a joke, so you had better ***look before you leap***.

辭職可不是開玩笑的，你最好還是三思而後行。

單元測驗 JKL

I. Matching

Match the idioms and phrases on the left with their definitions.

( ) 1. know the ropes	(A) stop working
( ) 2. knock off	(B) someone's signature
( ) 3. John Hancock	(C) know the details of a task
( ) 4. let someone's hair down	(D) a remote possibility of success
( ) 5. a long shot	(E) behave in a free manner

II. Multiple Choice

Circle the proper idiom or phrase to complete each sentence.

1. The celebrity didn't want the media and the public to know she was pregnant, but her friend (went out of the pig/let the cat out of the bag).
2. I'm going to tell the police about what happened, and (let the chips fall where they may/keep my eyes peeled).
3. My mom has a full time job, so she can only give our home a (lick and a promise/lame duck).
4. Bob got very angry about being cheated by his girlfriend, but John told him to (keep his fingers crossed/keep his shirt on).
5. I haven't caught any cold for this year, (knock on wood/kick over the truces).

III. Fill in the Blanks

Choose from the phrases listed below and fill in each blank with a proper answer.

(A) **long in the tooth**	(D) **keep your pecker up**
(B) **jumped on the bandwagon**	(E) **jumping the gun**
(C) **lead him by the nose**	

1. Try and ______. Things will get better in the future.
2. Don't let other people ______; be a decisive person.
3. Many people have ______ and stop smoking in the workplace.
4. The athlete is too ______ to continue his sports career.
5. You've just got married—isn't it ______ to be talking about divorce already?

IV. True or False

T F 1. To live the *life of Riley* means living a very poor life.

T F 2. To *keep the wolf from the door* means making much money.

T F 3. If someone is a *Jekyll and Hyde*, he/she has a personality alternating between good and evil behavior.

T F 4. To *keep someone's ear to the ground* means keeping someone informed.

T F 5. If someone is in the *land of Nod*, he/she is sleeping.

Answers

I. 1. C 2. A 3. B 4. E 5. D

II. 1. let the cat out of the bag 2. let the chips fall where they may
3. lick and a promise 4. keep his shirt on 5. knock on wood

III. 1. D 2. C 3. B 4. A 5. E

IV. 1. F 2. F 3. T 4. F 5. T

★(as) mad as a hatter

★make a beeline for

★make a mountain out of a molehill

★make (both) ends meet

★make bricks without straw

★make hay while the sun shines

★make no bones about

★make sb.'s bed and lie in it

★make sb.'s hackles rise

★make sb.'s hair stand on end

★make the feathers/fur fly

★meet sb.'s Waterloo

★Midas touch

★millstone round sb.'s neck

★mind sb.'s p's and q's

★move heaven and earth

★mum's the word

★Murphy's law

(as) mad as a hatter 瘋狂
completely mad

十九世紀初期，帽商在製造帽子的過程中常用到汞，但這種化學原料含有劇毒，在長期接觸下，帽商會產生全身顫抖和焦躁不安的症狀，不知情的人都以為這些帽商瘋了。後來在強調某人**非常瘋狂**時，就會說他的行為像帽商一樣。

例 She is throwing all the dishes at him; she's ***as mad as a hatter***. 她把所有的盤子都扔向他，她真的瘋了。

make a beeline for 直線前進
to go straight to a particular person or thing

這句用語根據蜜蜂的習性而來。當工蜂發現花蜜時，會返回蜂巢中，並用跳舞的方式，告訴其他同伴如何找到這個覓食的地方，而牠的同伴就會朝這個方向「直線」前進。於是 make a beeline for 就引申為**直線前進**或**抄近路前往**。

例 At parties she always ***makes a beeline for*** the most handsome guy in the room.

參加派對時，她總是直接走向全場最帥的男士。

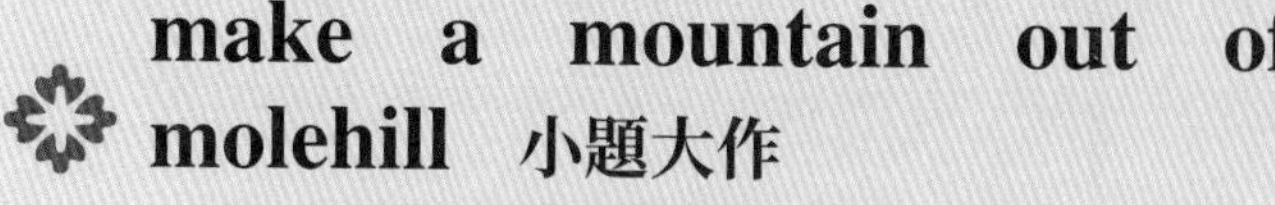

make a mountain out of a molehill 小題大作

to exaggerate trifling difficulties

molehill 指的是「鼴鼠鑽洞後旁邊遺留的土堆」。這句成語最早出現於英國喜劇作家優督 (Nicholas Udall) 所翻譯的《新約釋義》(*Paraphrase of Erasmus*)。這本書提到：「希臘的哲學家能言善道，可以把小蒼蠅說成大象，把鼴鼠丘說成大山。(Sophists of Greece could through their copiousness make an elephant of a fly and a mountain of a molehill.)」後來每當西方人表示**某人說話誇張**或**喜歡小題大作**時，就會說他「把鼴鼠堆說成大山」了！

例 You're not hurt badly, Tom. Stop trying to ***make a mountain out of a molehill*** with crying.

Tom，你傷得並不嚴重，所以不要小題大作一直哭。

make (both) ends meet 收支平衡

to live within sb.'s income

end 在這是指每個會計年度的結束 (the end of the fiscal year)。通常在會計年度結束時，公司會將營收狀況作全面檢視，若帳目中收入和支出兩部分總數相符 (meet)，就表示**收支恰好平衡**。而後這句話更進一步引申為**量入為出**。

例 My wages were so low that I had to take a second job just to ***make ends meet***.

我的薪水很低，所以必須另外兼職來平衡收支。

make bricks without straw
徒勞無功
to accomplish sth. without the necessary materials

這句用語就如同中文所說「巧婦難為無米之炊」，指的是**要做某件事時，缺少了某些必要條件**。根據舊約聖經《出埃及記》(*Exodus*) 記載，以色列人在埃及服勞役時，有一次因故遭到法老王的懲罰，要求他們在沒有稻草的情況下，製作完成一定數量的磚塊，並按期繳納給法老王。當時稻草是製作磚塊不可或缺的主要原料，所以法老王這樣要求，根本是強人所難！雖然現在製造磚塊不再使用稻草，但「做磚塊而沒有稻草」這句成語卻一直流傳至今，成為常見的用語。

例 Cooking a meal without sauce is like ***making bricks without straw***. 做菜沒有調味料的話，等於徒勞無功。

make hay while the sun shines
把握時機
to take advantage of a favorable opportunity

要製造家畜吃的飼草，最重要的條件就是天氣了！農人把草割下來之後，要靠炙熱的陽光把草曬乾後才能用；如果遇到下雨，這些草就會因為潮濕而無法使用。因此當西方人勸人**把握時機行事，不要蹉跎光陰**時，就會用「趁著陽光普照，趕緊曬草」這句話表達。另一個含意相同的成語 strike while the iron is hot，也就是中文裡所說的「打鐵趁熱」，同樣是要人把握時機的意思。

例 You should ***make hay while the sun shines***. So go wash

the car while the weather is good.
你應該把握時機，趁天氣好時洗車。

 make no bones about 毫不猶豫

to do or say sth. without hesitation or evasion

這個片語的起源可追溯至十五世紀中期，意思是**毫無顧忌去做某件事**。單就字面上來說，骨頭 (bone) 怎麼會和這句話扯上關係呢？有人認為這句話和喝湯有關，所謂 no bones 就是湯裡一根骨頭也沒有，當然可以毫無顧忌地咕嚕下肚囉！另有人認為，以往賭博用的骰子大多是用骨頭製成，而 make no bones about 指的就是毫不猶豫地把骰子擲出去的動作。上述這兩種說法雖無法證實何者為真，不過這個片語卻一直流傳下來，用來比喻**毫不猶豫**、**毫無顧忌**的意思。

例 He has ***made no bones about*** the fact that he is not interested in getting promoted.
他毫不猶豫地表示對職位升遷沒有興趣。

 make sb.'s bed and lie in it 自作自受

to suffer the consequences of sb.'s actions

以往的生活條件不佳，能擁有一張永不變形的床是一件相當奢侈的事，而一般人每晚就寢之前都得自己準備麻布袋，塞入稻草當床鋪使用。因此英國著名的文學評論家加布里埃爾・哈維 (Gabriel Harvey) 就用「讓他們…躺上自己的床，因為那是他們自己鋪的。(Let them...go to their bed, as themselves shall make it.)」暗喻一個人做事，必須自己承擔後

果。後來這句用語也常出現在口語中，用來表示某人**自作自受、自食惡果**的意思。

例 You quit your job and now you have no money. You have ***made your bed and*** now you must ***lie in it***.

你因為辭掉工作而沒有錢，所以你現在是自食惡果。

make sb.'s hackles rise 觸怒某人

to make sb. very angry

這裡的 hackle 是「動物或鳥類後頸部的毛」。某些動物如狗或公雞等鳥類受到驚嚇或發怒時，大多會豎起頸部的毛，暗示對方若再前進一步，牠就要採取攻勢了。因此西方人就俏皮地用「讓某人後頸部的毛豎起」表示**激怒某人**的意思。也有人把這句話說成 raise sb.'s hackles。

例 That really ***made my hackles rise*** when the girl was dismissed unfairly.

那個女孩不當地慘遭開除真的讓我很生氣。

make sb.'s hair stand on end 使人毛骨悚然

to terrify sb.

想像一下，當你在看驚悚片或聽到恐怖的鬼故事時，是不是常會心跳加速、冷汗直流呢？有些時候，這種令人不寒而慄的感覺甚至會讓你起雞皮疙瘩，身上毛髮也全都豎了起來！舊約聖經《約伯記》(*Job*) 就曾以「全身毛髮站立」(the hair on my body stood on end) 生動描述人們的恐懼。因此西方人就用「讓某人的毛髮豎起」表示**使某人毛骨悚然**。到了二十世紀中，也有人用 make sb.'s hair curl「讓某人的毛髮都捲起來」表達這種害怕的感覺。

例 The horror movie that I rented last week really ***made my hair stand on end***.

我上週租的恐怖片真讓我毛骨悚然。

make the feathers/fur fly 引起紛爭

to cause a fight or quarrel

這句用語源於動物相鬥的情況。fur 是「動物的軟毛」，feather 則是「鳥類的羽毛」。由於貓、狗等動物或雞等鳥類會互相爭鬥，在激動時這些動物的毛或鳥類的羽毛就會掉落而到處飛舞，於是當有**爭鬥、吵鬧或騷動發生**，我們就用 make the feathers/fur fly 形容。也有人用打掃房間時，灰塵滿天飛的情景「make the dust fly」比喻引起紛爭的意思。

例 If Mrs. White knew my dog had dug a hole in her garden, she would really ***make the feathers fly***. 如果 Mrs. White 知道我的狗在她的花園裡挖了個洞，她一定會大吵大鬧。

meet sb.'s Waterloo 慘遭滑鐵盧

to suffer a major defeat

這句用語源自歷史上有名的「滑鐵盧之役」。滑鐵盧 (Waterloo) 是位於比利時中部的一個小村莊，根據記載，拿破崙 (Napoleon) 統治歐洲多年之後，於 1815 年 6 月 18 日在滑鐵盧與英國威靈頓 (Arthur Wellesley Wellington) 將軍率領的英普聯軍交戰，慘遭擊敗，最後被放逐到太平洋的一個島上，病死在那裡。由於滑鐵盧之役結束了拿破崙的豐功偉業，後來西方人就用「慘遭滑鐵盧」來比喻**某人受到沉重打擊**或**遭遇慘敗**。

例 During discussions with the farmers' association, the government ***met its Waterloo***.

在與農會的辯論中，政府遭遇慘敗。

Midas touch 點金術

an ability to make and manage huge amounts of money

這個片語源自希臘神話。傳說中麥得斯 (Midas) 是佛里幾亞 (Phrygia) 的國王，有一次因為他殷勤招待森林之神，於是得到一個願望，而他的心願就是獲得「點金術」，讓每樣他碰到的東西都變成黃金！但是他很快就後悔了，因為不僅是食物，甚至連他的女兒也變成了黃金，於是他又將這個點金術還給神。根據這個故事，當西方人稱讚某人**懂得生財之道**時，就會說他彷彿擁有「麥得斯的點金術」。

例 The manager's ***Midas touch*** helped the company make a profit of fifty thousand US dollars this year.

這個經理的點金術讓公司今年獲利五萬美元。

millstone round sb.'s neck　沉重負擔
a heavy burden

millstone 是指用來碾碎穀物的「石磨」，而這句用語最早出現於聖經《馬太福音》(*Matthew*)：「…凡使這信我的一個小子跌倒的，倒不如把大石磨栓在這人的頸上，沉在海裡。」後來西方人引用這段話，當有人遇到**棘手的問題**或**沉重的負擔**時，就說他的脖子好像套上石磨，喘不過氣！

例 That mortgage has been like a ***millstone round my neck***.
那筆抵押貸款像是套在我脖子上的沉重負擔。

mind sb.'s p's and q's　謹言慎行
to behave properly

這句成語的來源版本眾多，比較可信的有三種：一是由於小寫的英文字母 p 和 q 看起來很相似，許多小朋友會把它們搞混，於是學校老師在課堂上就經常以「注意你們的 p 和 q」提醒學生。後來，這句用語也漸漸地延伸到日常生活中，表示要人**謹言慎行**的意思。二則認為它源於英國的酒吧或小酒館，這些酒吧或小酒館賣的啤酒，多以一品脫 (pint) 或一夸脫 (quart) 為計量單位，而酒吧老闆會在黑板上記下每個顧客喝了多少品脫或夸脫的酒，當作客人結帳時的依據，因此 mind your p's and q's 在當時是用來提醒人注意自己的飲酒量和酒後的行為。另一種說法則表示這句用語和以往的印刷業有關。以前使用活字印刷術，必須將字母反過來排版，印出來的字才會是正面的，因為小寫的 p 和 q 是彼此反過來的樣子，經常讓排字工人產生分辨的困難，所以印刷業才用 mind your p's and q's 提醒工人當心不要把這兩個字母搞混，而後這句話也被用來提醒人要小心謹慎。

例 You'll have to ***mind your p's and q's*** if you want to make a good impression on her. 如果你想讓她留下好印象，就應該謹言慎行。

move heaven and earth 竭盡全力

to do everything possible to bring about sth. desired

咦？一個人能夠「搖天 (heaven) 動地 (earth)」，不是應該在超人影集中才可能做到嗎？如果你也這麼想的話，那就大大誤解這句話的意思了。這句成語是指**一個人用盡所有方法想達到某種目的**，就像我們在找東西時的心情一樣，恨不得把所有的地方都翻遍，有時為了達到目的，就算翻天覆地也在所不惜！因此當某人竭盡全力做某件事時，西方人就會用 move heaven and earth 這句誇張的成語形容。

例 John is ***moving heaven and earth*** to get this job.
John 千方百計想得到這份工作。

mum's the word 三緘其口

to keep quiet; to say nothing

這句用語其實是在玩 mum 這個字的文字遊戲，因為它在這裡不是口語中「媽咪」的稱呼，而是「沉默」的意思。由於 mum 是當我們緊閉嘴唇、不說話時會發出的聲音，因此在英文中就有「別作聲」的意思。莎士比亞 (William Shakespeare) 在他的劇作《亨利六世下篇》(*Henry VI*, *Part II*) 就曾提到：「封住你的嘴，除了發出 mum 的聲音外，別說任何話。(Seal up your lips and give no words but mum.)」於是當我們希望別人**不要透露任何事情**的時候，就會使用這句成語。

例 ***Mum's the word*** on tonight's surprise party.
別把今晚的驚喜派對給洩露出去。

Murphy's law 莫非定律

if anything can go wrong, it will

每當碰到一些讓人煩心的瑣事，或者遭受一些無謂的挫折時，人們常會自我解嘲地說：「有什麼辦法呢？這就是莫非定律嘛！」所謂「莫非定律」就是由 Murphy's law 直接翻譯而來，指的是**只要是有可能出差錯的事情，就一定會出差錯**。這個聽起來帶點消極意味的定律又是誰發明的呢？有人認為這裡的 Murphy，是指 1950 年代美國海軍教育宣導卡通裡出現的虛構人物。卡通裡的「莫非」是個笨手笨腳、粗心大意的機器人，由於它老是闖禍、犯錯，所以當有些人有了悲觀的想法，就會認為事情像「莫非定律」一樣：會出錯的，終將會出錯！也有人認為 Murphy 指的是美國一位火箭工程師莫非 (Edward A. Murphy)，他曾經參加美國空軍的火箭測試，實驗人體對加速度的承受程度，這個實驗需要把十六個感應器黏在人體上，但竟然有人「有條不紊」地把這十六個感應器完全裝反。後來這個實驗的受試者在幾天後的記者招待會上，就引用莫非先生的話來解釋：「如果有兩種或以上的選擇，其中一種將導致災難，必定有人仍舊會作出這種選擇。(If there are two or more ways to do something, and one of those ways can result in a catastrophe, then someone will do it.)」後來莫非的「銘言」就此傳開，廣為人知。

例 The bus is always late, but today when I was late it came on time——I suppose that's ***Murphy's law***!
公車老是遲來，但當我今天晚到了一些，它卻準時開走了。我想這就是莫非定律吧！

nail sb.'s colors to the mast
堅持不屈
to make it obvious what sb.'s opinions or plans are

這句話是航海用語，這裡的 colors 是指「旗幟」，而不是「顏色」；mast 則是「船的桅杆」。以往戰船會在桅杆上懸掛自己國家的國旗，在戰爭時一旦國旗降下，就代表向敵軍投降的意思；相反地，若是把國旗固定在桅杆上 (nail sb.'s colors to the mast)，當然就表示絕不屈服。後來西方人就用這句話，比喻**堅持自己的立場及意見，不輕易妥協**。

例 During the election campaign, the candidate ***nailed his colors to the mast*** on the issue of civil rights.
競選期間，那位候選人堅持他對公民權議題的立場。

neck and neck 並駕齊驅
with an equal chance of winning

所謂「脖子對上脖子」，是指雙方**實力不相上下**。這句話源於競爭激烈的賽馬，有些馬匹實力相近，哪一匹馬的脖子先超越終點線，就成了冠軍，這樣的情形我們會用「The horse wins by a neck.」形容；若兩匹馬脖子和脖子 (neck and neck) 靠得近，那就表示牠們並駕齊驅，不分軒輊！後來這個

片語也用在一些競爭激烈的情況，表示**彼此實力旗鼓相當的意思**。

例 The two parties are running ***neck and neck*** in the election and none of the experts can predict which party will win. 這兩個黨派在競選活動中不相上下，沒有一個專家能預測哪個黨會獲勝。

neck of the woods 地區

a neighborhood or a region

這裡的 neck 並不是「脖子」的意思，而是指「地峽」或「海峽」。因為地峽或海峽大多是狹長的形狀，看起來就像人的脖子，於是英文才用 neck 稱之。但是「樹林裡狹長的區域」指的又是什麼呢？原來以往的美國移民，常選擇在森林裡某個地方定居，形成一個狹長的小村落，後來人們就用 neck of the woods 表示某個**地區**的代稱。

例 What are you doing in this ***neck of the woods***?
你在這一區做什麼呢？

neither rhyme nor reason 莫名其妙

without any obvious reasonable explanation

這句成語源自法國，直到十六世紀，英國著名的社會主義作家摩爾爵士 (Sir Thomas More) 才將它使用於英文中。話說當時一位朋友請摩爾爵士品評文章，當他看到文章後的第一個反應，是要求朋友先將它改成韻文，等朋友再度拿著改好的文章給他，他竟說：「唉，現在好一點了，因為至少有押韻，不然之前既沒押韻又毫無道理。(Ay, ay, that will do, that will do. 'Tis rhyme now, but before it was neither rhyme nor reason.)」後來 neither rhyme nor reason （或 without rhyme or reason），就被用來指**莫名其妙、毫無道理的事**。

例 As far as I am concerned, his proposal has ***neither rhyme nor reason***. 對我而言，他的提案實在毫無道理可言。

nest egg 儲蓄

an amount of money saved for the future

這個片語來自養雞戶的習慣。為了取得更多的雞蛋，養雞戶會把真蛋或假蛋偷偷放在雞窩內，誘使母雞在同一個地方繼續下蛋。因為這種做法會讓窩裡的蛋越來越多，所以西方人就用 nest egg 引申為**積存起來以備日後使用的儲蓄金**。

例 They have their ***nest egg*** in the bank and hope to buy a house in two years.
他們在銀行存了一筆錢，希望在兩年內買棟房子。

nine days' wonder
曇花一現的人(事、物)

sb. or sth. that creates a brief sensation

「九天的驚嘆」指的是**曇花一現的人(事、物)**。此片語最早可追溯至十七世紀初，英國作家伯頓 (Bohn Henry G.) 在其著作 *Handbook of Proverbs* 中提到：「A wonder lasts but nine days, and then the puppy's eyes are open.」這句話是說許多哺乳動物（如小貓或小狗），一出生都是閉著眼睛，過了九天後才能夠睜開眼。原本牠們的內心是充滿期待的，可是在張開眼的一剎那，眼前所見通常不如想像中一樣美好！取用「九」這個數字，或許是因為「九」在西方被視為神祕數字，也或許正如伯頓所說的，牠們閉目的天數真的是九天。不過「九天的驚嘆」也有人說成「九十天的驚嘆 (ninety days' wonder)」。因為在二戰期間，有些美國青年只接受了三個月的軍事訓練，就匆匆授階少尉上戰場，從此消失於槍林彈雨中，而「九十天的驚嘆」正可形容他們曇花一現的生命。

例 As a pop star she was a ***nine days' wonder***: she only made one successful record and then disappeared. 她是個曇花一現的歌星，只錄製過一張受歡迎的唱片就消失了。

nip in the bud 先發制人

to destroy sth. at the start

此片語最早出自英國劇作家波芒 (Beaumont) 與富萊喬 (Fletcher) 的劇本。nip 是指「受風霜的摧殘」，而 bud 則是「初生的新芽或花蕾」。可想而知，當這些在春天才剛長出來的新芽或花蕾，受到風霜摧殘而凋落，就再也沒有開花結果的機會了。於是當我們表示**某件事在一開始就被阻止**或**扼殺**，就用「受摧殘的花蕾」比喻。

例 The teacher ***nipped*** the disorder ***in the bud***.

老師一開始就先發制人，阻止了這個混亂的場面。

no dice 免談

certainly not or impossible

這句話源於擲骰子的賭博遊戲，是西方人常在口語中表達**拒絕**的用語，類似中文的「行不通」、「免談」、「門兒都沒有」。擲骰子時若有人的骰子重疊在一起，或是沒有平放出現某個點數，會被認為是 no dice，也就是沒有點數，後來這句話漸漸地流傳在日常用語中，表示「絕無可能」。意義相似的俗語還有 no go：原意為「事情毫無進展」，後引申為不可能發生的事；no soap：soap 在十九世紀中的美國代表「錢」，no soap 意即「沒錢」，後衍生出不可能的意思。

例 Jerry wanted to borrow some money from me, but Mom said ***no dice***. Jerry 想跟我借錢，但媽媽說不行。

no great shakes 平凡無奇

nothing special; ordinary

這句用語的來源並沒有一個確定的說法，不過較為人採信的是，它是由擲骰子的賭博遊戲而來。shake 是指擲骰子的動作，而整句話是說賭徒擲出一個不好也不壞、無法贏過別人的點數。後來 no great shakes 就被西方人用來形容**不太出色**或**平凡**的意思。

例 The restaurant is ***no great shakes*** so I wouldn't recommend that you have dinner there.

那家餐廳很普通，所以我不推薦你們到那裡吃晚餐。

no holds barred　毫無限制
without any rules or constraints

這句用語源於自由摔角賽，hold 指的是參賽者使用的「擒拿法」，而 bar 是「禁止」的意思。由於自由摔角賽中沒有任何技巧或規則限制，因此西方人將 no holds barred 的意義延伸，用來表示**某件事是毫無拘束**或**毫無限制的**。

例 The book is an account of the president's life with ***no holds barred***. 這本書毫不保留地揭露這個總統的一生。

no room to swing a cat　空間狹小
very little space

這句用語也有人寫成 not enough room to swing a cat，是指**空間狹小**的意思。它的來源有兩種說法，而且聽起來都有點不人道，一是認為以往英國人練習射箭時，會抓住貓的尾巴把牠甩昏，再裝進袋子裡當作箭靶，因此如果連甩隻貓的空間都沒有，這個地方當然就太狹小，無法練習射箭了。另一種說法則認為這裡的 cat，是指以前英國海軍處罰犯規船員所用的「九尾鞭」(cat-o'-nine-tails)。這種鞭子繫有九條有繩結的繩子，打在人身上會留下一條條如貓咪抓傷的鞭痕。當時如果有人違規，長官會召集所有的船員到狹窄的甲板上，觀看犯規者被九尾鞭鞭打的情形，藉以殺雞儆猴。所以如果連甩這九尾鞭的空間都沒有，地方當然就太狹小了。

例 There's ***no room to swing a cat*** in this house.
這間房子的空間太小。

nosey/nosy parker 包打聽

sb. who meddles in the affairs of others

nosey/nosy parker，也有人寫成大寫的 Nosey/Nosy Parker，是指**好管閒事**或**愛探人隱私的人**。由於這些「包打聽」對別人的家務事特別有興趣，消息也特別靈通，彷彿狗的鼻子般隨時可以嗅到別人家的風吹草動，所以英文中好管閒事 (nosy) 就是由鼻子 (nose) 這個字而來。而 parker 又是什麼意思呢？它的來源有兩種說法：一是認為 parker 指的是倫敦海德公園 (Hyde Park) 裡偷窺情侶親熱的人，由於這些人喜歡藏在公園裡偷看別人，人們才戲稱他們為公園管理員 (parkers = park keepers)；另一種說法則認為 parker 是指馬修・帕克 (Matthew Parker) 這個人，他在 1559–1575 年間曾擔任坎特伯里大主教，負責管轄教區內的事務，當然也被視為好管閒事的人了！雖然直到現在這兩種說法都未經證實，但當我們表示**某人很雞婆**或**愛說別人八卦**時，就會說他是 nosey/nosy parker。

例 Aren't you trying to be such a ***nosy parker*** as to take over somebody's job again?

你該不會又雞婆地去接下別人的工作吧？

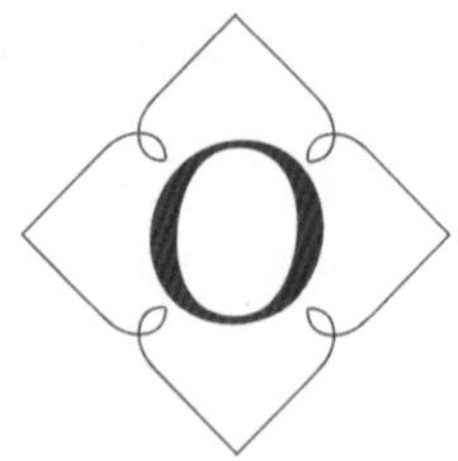

★off the cuff

★off the record

★(as) old as Methuselah

★old chestnut

★old wives' tale

★olive branch

★on a shoestring

★on a wing and a prayer

★on cloud nine

★on pins and needles

★on sb.'s high horse

★on the ball

★on the spur of the moment

★on the wagon

★on the warpath

★one's name is mudd/mud/dirt

★out of sorts

★out on a limb

★over-the-top

off the cuff 即興演出

without preparation; impromptu

cuff 在這裡是指「袖口」，這句用語是用來表達**在毫無準備的情況下，即席演出**的意思。以往有許多演說者，在出場前的最後幾分鐘，怕自己因為忘稿而影響表現，大多會把小抄寫在襯衫的袖口上以提醒自己。後來人們就用 cuff 比喻講稿，而 off the cuff 則引申為**即興、脫稿演出**的意思。

例 She is not good at speaking *off the cuff*.
她不擅長即席演說。

off the record 私底下

not for publication or attribution

這句話就字面上看是指「不在記錄上」，原本是法庭用語。當提供與案情相關資訊或證據的人不想曝光，他們會要求將自己的發言從記錄上刪除。後來這句話也用在日常生活中，引申為**私底下、非正式的**，尤其是受訪者用來提醒記者

不宜公開報導、不許記錄的俗語。

例 The officer gave his opinion to the newsmen ***off the record***.
這個官員私下將他的意見透露給新聞記者。

(as) old as Methuselah　長壽
extremely old

瑪土撒拉 (Methuselah) 是舊約聖經《創世紀》(*Genesis*) 中的一位猶太長老，根據記載他至少活了 969 歲，所以後人就用 as old as Methuselah 來形容某人**非常長壽**。

例 I was a young boy at the time, so to me he looked ***as old as Methuselah***, but he was probably only in his sixties.
當時我還小，所以對我來說他看起來年紀很大了，但其實他可能只有 60 幾歲。

old chestnut　陳腔濫調
a joke or story repeated many times

這句用語來自一齣著名的音樂劇 *The Broken Sword*。劇中有個船長，每次出現老是喜歡重複說一個有關栗樹 (chestnut) 的故事，次數多到最後故事的版本已經跟原先的不一樣，而栗樹也變成了軟木橡樹，因此他的同伴就打斷他：「是栗樹！我已經聽你講這個故事二十七次了，而我確定它就是栗樹。」由於這齣家喻戶曉的戲劇，old chestnut 就被西方人用來比喻**陳腐的笑話**或**了無新意的報導**。

例 The principal's speeches are always full of ***old chestnuts***.
這個校長的演講內容永遠都是一些老掉牙的故事。

old wives' tale 無稽之談
a superstition or an erroneous belief

這裡的 wives 是指「婦女」，而「婦人說的閒話」則表示**迷信**或**無稽之談**。看到這裡，恐怕有許多女性會提出嚴正抗議了！但在從前封閉的社會，女人的角色一直不受尊重，她們的話通常也不具說服力，因此在聖經《提摩太前書》(*Timothy*) 中就提到：「…要棄絕世俗的言語和老婦荒渺的話… (...refuse profane and old wives' fables...)」於是 old wives' tale 就這樣流傳下來，出現在西方日常用語中。

例 There is ***an old wives' tale*** that this old house is haunted by ghosts. 有人迷信這間舊房子鬧鬼。

olive branch 和平象徵
a symbol of peace

olive branch「橄欖枝」在西方文化中是**和平的象徵**。根據舊約聖經《創世紀》(*Genesis*) 記載，上帝在降臨洪水淹沒大地之前，提前告知善良的諾亞 (Noah)，要他帶著家人乘方舟避難。過了幾天洪水慢慢退去，諾亞放出一隻鴿子要牠勘查退水情形，結果因為大地仍是一片汪洋，鴿子找不到落腳的地方又飛回諾亞身邊；過了七天，諾亞再一次放出鴿子，這時鴿子嘴裡叼著剛摘下的橄欖枝飛回方舟，表示水已經退了，上帝給予人類的懲罰也已經結束。因此，橄欖枝成了和平的象徵，同時西方人更將「伸出橄欖枝」(hold out the olive branch) 引申為與某人講和的一種表現。

例 After days of quarreling, I finally held out the ***olive branch*** and treated my brother to dinner.

在幾天的爭吵之後，我請我弟弟吃晚飯以表示和解。

on a shoestring 小本經營

with very limited financial means

如果有人對你說 on a shoestring，你可別誤以為他是賣鞋帶起家的，這句用語其實是表示**極少的錢、小資本**的意思。至於這句俗語源於何處，目前並沒有確定的說法。有人說這是因為在英國，被關進監獄的債務人會將鞋帶綁起來，然後把這隻鞋子從窗口伸出去到靠近地面的高度，希望路過的人會施捨一點錢。這種說法雖然聽起來很有創意，但實際上是毫無根據的想像。另一個比較可信的說法認為微薄的資金 (slender resources) 和細長的鞋帶 (slender shoestring) 容易讓人產生聯想，所以當某人**以很少量的金錢生活**或**資本做事**，我們就以 on a shoestring 比喻。

例 He started the new company ***on a shoestring***.

他小本經營這家新公司。

on a wing and a prayer 自求多福

relying on good fortune

此片語源於第一次世界大戰。當時的飛機都是新研發且未經過測試的機種，因此當飛行員駕著半毀的飛機平安返回基地時，他們的同伴就會說：「一個機翼和一個禱告把你送回來了。(A wing and a prayer brought you back.)」有這樣的歷史背景，當我們說某人做事只能**靠運氣**時，就會使用這句話。

例 She is driving ***on a wing and a prayer*** in that old jalopy.

她開著那臺老爺車，恐怕只能自求多福了。

on cloud nine 欣喜若狂

very happy

這句用語就字面上解釋是「九霄雲端」，是指某人**欣喜若狂、樂翻天**的意思。它的真正來源到目前為止並無確定說法，有人說它是引用美國氣象局的專門術語，它將雲分為好幾個層級，cloud nine 指的是積雨雲，位於三千到四千公尺的高空。對西方人而言，越高的天空越接近天國，也越能得到天賜的福氣，所以他們就用這句話來表示如置身天堂般快樂。也有人認為這句用語的前身為 cloud seven，它又與 in seventh heaven（七重天）有關。因為天堂的第七層被認為是上帝和天使居住的地方，所以當人們感到非常開心時，就會用飛上「七重天」來表達，之後衍生出片語 cloud seven。後來西方人又將「七」改成較常見的「九」來強調這種快樂的感覺。

例 I was ***on cloud nine*** when Mom agreed to buy me a bike.
當媽媽答應買腳踏車給我時，我真是欣喜若狂。

on pins and needles 如坐針氈

in a state of nervous anticipation

這句用語中的 pins 和 needles 都是「針」的意思，當人們感覺焦慮時，就像坐在布滿針的床上般無法靜下來，於是 on pins and needles 就如同中文的「如坐針氈」，表示**緊張不安，如坐針氈**的意思。

例 It seems that you're ***on pins and needles*** these days.
這幾天你似乎很焦慮不安。

on sb.'s high horse 趾高氣揚

in an arrogant or condescending manner

這句俗語源於十八世紀末，當時馬兒的高矮代表騎馬者地位的高低，高大的馬多由身分階級較高的人騎乘，後來人們就用 high horse 象徵權貴人士，而 on sb.'s high horse 則引申為一個人**趾高氣揚、態度傲慢自大的樣子**。

例 She's always ***on her high horse*** about how the work should be done.
她總是以相當傲慢的態度來處理工作上的事。

on the ball 表現機伶

quick to understand and to react to things

這裡的 ball 指的是 baseball。若一個投手的控球能力佳，能投出許多變化球讓打擊者無用武之地，人們就會說這個投手 on the ball，能掌控全局。慢慢地，當某人在某方面**表現機伶**或**很有能力**時，我們就會誇他 on the ball。

例 You did your report very well. You're really ***on the ball***.
你的報告做得很好，你的表現真傑出。

on the spur of the moment 一時衝動

on impulse; without premeditation

spur「馬刺」是騎師用來踢馬使馬快跑的東西。馬被騎師一踢，大多會不顧一切地往前奔馳，就像人受到刺激時會不經思考地做出某些行為，後來當某人做事是**單憑一時衝動而未經仔細考慮**時，我們就會以此形容。

例 She said such a thing ***on the spur of the moment***.
她是在一時衝動下說出這種話的。

on the wagon 戒酒
abstaining from alcoholic beverages

這句俗語原本應該寫成 on the water wagon，是西方人用來表達**戒酒**的用語。在十九世紀後期，馬匹所拉的水車 (water wagon) 主要功能是在路上灑水以防止塵土飛揚。這時候又剛好是美國展開大規模禁酒運動 (the Prohibition) 的時期，許多發誓要戒酒的人都會說：「無論我們多麼希望來上一杯酒，我們寧可爬上水車喝水，也絕不會破戒。」於是 on the wagon 就成了戒酒的同義詞。想當然，如果有人抵擋不住酒的誘惑，而不再待在水車上 (off the wagon)，就表示他已經破戒喝酒了！

例 My father is ***on the wagon*** for the sake of his health.
我爸爸因為健康因素而戒酒。

on the warpath 有敵意
angry and on a hostile course of action

這個片語源於十九世紀中期。warpath 原指當時北美印第安人出戰時所走的路線，因此 on the warpath 就有一種上戰場的意味。後來到了十九世紀後期，當有人**在盛怒中對對方產生敵意**時，西方人就會幽默地說：「他情緒激昂的樣子，彷彿就像印第安人準備作戰 (on the warpath) 一樣。」

例 Look out, the boss is ***on the warpath*** again!

小心，老闆又在大發雷霆了！

one's name is mudd/mud/dirt
某人名譽掃地
sb.'s reputation is ruined

這裡的 mudd 原是一位美國外科醫師的姓。1865 年美國總統林肯在華盛頓戲院裡，遭到約翰·威爾克斯·布思 (John Wilkes Booth) 射殺。布思在射殺完總統後，從舞臺上跳下來逃脫時跌斷了一條腿，隨後騎著早已準備好的馬匹逃到郊外就醫，塞繆爾·穆德 (Samuel Mudd) 就是當時醫治他的醫師。由於穆德醫生隔天才聽到林肯被刺身亡的消息，並在之後才報案說他曾看過這個病患，所以被警方當成藏匿嫌犯的幫兇，判處他終生監禁，一直到 1970 年代穆德醫生才獲得平反。後來當我們說某人的**名聲不好**或**面臨名譽掃地的情況**時，就會說他的名字是 Mudd。有些人不知道這個故事，聽到 Mudd 時把它錯當成 mud （泥），所以也有人把它說成 one's name is mud 或 one's name is dirt。

例 If the word gets out that you are a peeping Tom, ***your name will be mudd***.

如果有人知道你是偷窺狂，你將會名譽掃地。

out of sorts　身心不舒暢
slightly ill; in bad spirits

sort 一般作「種類」解釋，但 out of sorts 是用來表達**情**

緒不好或**身體不舒服**的俗語，究竟 sort 怎麼會和身體或情緒有關聯呢？它的來源有兩種說法：一是認為這句用語和從前的印刷業有關。在以往還是凸版印刷的年代，印刷用的鉛字會照一定的規格、順序，放在一個個木盒裡以方便使用。如果這些鉛字放錯了位置，就是「不在歸類裡面」(out of sorts)，當然會造成印刷工人的困擾，進而影響他們的情緒。後來當人們**情緒不佳**或**發脾氣**時，我們就會直接用這句話來表達，之後更有人將它的意義引申為身體不舒服。另一種說法則認為它源於撲克牌遊戲。一副還未洗過的牌被稱為 out of sorts，當然不適合拿來玩，所以當某人身體或情緒狀況不佳時，我們就會說他好比未洗過的牌一樣——「不宜使用」！

例 I am ***out of sorts*** because I failed in my math examination. 我心情不好因為我數學考試不及格。

out on a limb

身處險境

in a risky situation with little chance of retreat

limb 的原意是「大樹枝」，而「位在樹枝上」則是**冒險一試**或**身處險境**的意思。想像一下，爬樹時如果不小心爬到了樹枝的末端，不僅無路可進，又要擔心一不小心會跌了個鼻青臉腫。由於這種隨時可能會跌下來的不確定感和處境，所以西方人就用 out on a limb 來比喻身處險境。

例 Maybe I am going ***out on a limb***, but I think I am going to try it. 也許這麼做有點冒險，但我還是要試試看。

over-the-top 過分

extremely exaggerated, outrageous

這句用語源於第一次世界大戰，當時為了打敗敵軍，步兵團有時必須採取突擊行動，他們會在無預警的情況之下，爬出壕溝，在空曠的地面匍伏前進進行攻擊，而所謂 over-the-top 原本就是指這種爬過戰壕的突擊行動。因為從事這種危險任務的士兵必須擁有極大的勇氣，甚至要不顧一切往前衝，後來當人們做出一些**相當偏激、誇張**或**過分的行為讓人不敢領教**時，我們就會用 over-the-top 來比喻。

例 What she said was way ***over-the-top***!

她說的話太過分了！

單元測驗 MNO

I. Translations

Write down the Chinese meaning of each underlined idiom or phrase.

__________ 1. Although he doesn't have a good salary, he can still make both ends meet.

__________ 2. In order to build a nest egg, we have to make an investment.

__________ 3. The man will move heaven and earth to protect his family.

__________ 4. Joe and Mary have been living on a shoestring since Joe lost his job.

__________ 5. Carrying out the analysis without the current data is like making bricks without straw.

II. Matching

Match the idioms and phrases on the left with their definitions.

( ) 1. an old chestnut

( ) 2. nail sb.'s colors to the mast

( ) 3. Murphy's law

( ) 4. an olive branch

( ) 5. mind sb.'s p's and q's

(A) if anything can go wrong, it will

(B) to refuse to surrender

(C) a symbol of peace

(D) a joke, story or saying repeated many times

(E) to behave properly

III. Fill in the Blanks

Choose from the phrases listed below and fill in each blank with a proper answer.

(A) **makes no bones about**	(F) **neither rhyme nor reason**
(B) **old wives' tale**	(G) **off the cuff**
(C) **nosy parker**	(H) **no dice**
(D) **makes a beeline for**	(I) **mum's the word**
(E) **on the spur of the moment**	(J) **met our Waterloo**

1. I'll tell you the secret, but ______ or we'll be in trouble.
2. The conclusion of her paper seems to be ______.
3. After seven straight victories our team ______.
4. It's embarrassing to ask that kind of stupid question ______.
5. Bill ______ telling a lie to avoid punishment.
6. It's an ______ that seeing a black cat will bring bad luck.
7. Since I don't like Tom, I said ______ when he asked me out.
8. Don't be such a ______ as to take over somebody's job.
9. He made a few remarks ______ but he has never really explained in full what he wants to do.
10. After Amanda drank too much coffee, she ______ the toilet.

Answers

I. 1. 收支平衡 2. 儲蓄 3. 千方百計 4. 微薄的錢 5. 徒勞無功
II. 1. D 2. B 3. A 4. C 5. E
III. 1. I 2. F 3. J 4. E 5. A 6. B 7. H 8. C 9. G 10. D

★**paddle sb.'s own canoe**

★**paint the town red**

★**palm off**

★**pan out**

★**Pandora's box**

★**par for the course**

★**pass the buck**

★**pay through the nose**

★**pecking order**

★**peeping Tom**

★**pie in the sky**

★**pin money**

★**pipe down**

★**pipe dream**

★**play it by ear**

★**play second fiddle**

★**play to the gallery**

★**pour oil on troubled waters**

★**pull out all the stops**

★**pull sb.'s leg**

★**pull sb.'s (own) weight**

★**push the envelope**

★**put a sock in it**

★**put on sb.'s thinking cap**

★**put sb.'s foot in it**

paddle sb.'s own canoe　自力更生

to act independently and decide sb.'s own future

paddle 指的是「划船」，而 canoe 這個字源於海地語 canoa，原指挖空樹幹做成的「小舟」，據說是哥倫布將這個字帶回歐洲，用來表示「獨木舟」。由於獨木舟通常只能容納一個人，所以當某人相當**獨立自主、自力更生**時，西方人就會用「划自己的獨木舟」形容。由於美國總統林肯 (Abraham Lincoln) 非常喜歡使用這句成語，因它代表美國「自立自強」的精神，於是這句用語就更廣為流傳。

例　Living so far away from home, he had to learn to ***paddle his own canoe***.

因為他住的地方離家很遠，所以必須學習獨立自主。

paint the town red　狂歡

to go on a spree

當西方人想去**狂歡**或**狂飲作樂**時，常會聽到他們說：「讓我們去把整個城鎮塗紅吧！」這句話的真正來源並沒有確定的說法，有人認為在羅馬帝國時期，羅馬士兵每征服一個地方，就會用敵軍的鮮血染紅整個城鎮，對這些士兵來說，這就是一種慶祝勝利的狂歡方式；另有人認為，paint the town red 是在英國梅爾頓莫布雷鎮 (Melton Mowbray) 所發生的真實事件，與沃特福德侯爵 (Marquess of Waterford) 的瘋狂惡作劇有關。當時，梅爾頓莫布雷鎮是以獵狐聞名的城鎮，沃特福德侯爵和他的朋友在一次打獵結束後，竟突發奇想決定「重新裝飾」整個梅爾頓莫布雷鎮，於是他們將所有的東西，包括建築物、收費站、甚至收費員等都漆成了亮紅色！paint the town red 原本是指將梅爾頓莫布雷鎮漆紅的喧鬧行為，後來人們將這句話延伸到日常用語中，當見到有人在飲酒作樂時，就會說他們看起來像是要把城鎮都塗紅了。

例 He's ***painting the town red*** in celebration of his having a raise. 他要去狂歡以慶祝加薪。

palm off (以哄騙方式)轉手讓人

to get rid of sth. by a trick or a lie

palm 指的是「手掌」。單從字面上來看，這句用語應解釋為「從掌心消失」，不過它真正的含意是西方人用來表達**哄騙別人的伎倆，特別是以欺騙的手段賣假貨給別人**。而這個用語的出現是因為魔術師在將某些道具變不見時，大多利用熟練的手法將這些東西藏在自己的手心中，讓人誤以為他們真有神奇的能力使東西憑空消失，因此 palm off 就引申為一些騙人的花招。

例 When she realized that these diamonds were fake, she tried to ***palm them off*** on someone else.

當她知道這些鑽石是假的，她試圖拿它們去騙別人。

pan out　結果(成功)

to develop or succeed

這個片語原是淘金用語。以往淘金者為了找出砂金，會將挖出來的泥塊和水攪和，再放入淘洗砂金的淘盤 (pan) 中，然後用手以一定的速度在水中打漩。由於黃金的密度較高，在打漩過程中會慢慢沉澱在盤底，而與其他密度較低的泥土分離。因此當我們表示**某個計畫的結果成功**時，就會說我們像淘金者一樣，已經成功地用 pan 淘出砂金了！

例 Their attempt to start a new business didn't ***pan out***.
他們想要開始發展新事業的企圖並沒有成功。

Pandora's box
潘朵拉的盒子(指禍患之源)

something that will create many new and unexpected problems

此片語起源於希臘神話，宙斯送給世界上第一個女人潘朵拉一個禮物盒，並交代千萬不要打開盒子。然而潘朵拉在好奇心的驅使之下仍打開了盒子，因而釋放出了貪婪、痛苦、虛偽、嫉妒及誹謗等世間的邪惡，緊張的潘朵拉趕緊將盒子關上，只有將希望留在了盒子裡面。因此後來人們便用潘朵拉的盒子形容**禍患之源**。

例 The minister's finance reform opened the ***Pandora's box*** and caused a series of problems.　這名部長的財政改革打開了潘朵拉的盒子，造成了一系列的問題。

par for the course 意料中之事

what is usual and expected

這句用語源於高爾夫球運動。course 是「比賽的場次」，而 par 是指「標準桿數」，也就是在一個高爾夫球賽程中，球員在零失誤的情況下所需的基本桿數。如果球員在一個賽程裡能打到標準桿數，就可算是達到一般的水準，於是西方人就將 par for the course 這個用語用來比喻**一般的狀況**或**可以預料會發生的事**，特別是用在不好的事情上。

例 My brother is very clumsy so it was ***par for the course*** when he bumped into the table and broke the vase.

我弟弟老是笨手笨腳的，所以他會撞到桌子並打破花瓶也是意料中的事。

pass the buck 責任轉移

to hand over a responsibility to sb. else

這個片語是由撲克牌遊戲而來。玩牌時大家會輪流當莊家發牌，負責這局的莊家面前會擺著一把鹿角（buckhorn，又作 buck）製的小刀，提醒莊家該負的責任，而 pass the buck 就表示莊家已經換人，**責任已經轉給別人**的意思。後來有人用銀幣 (silver dollar) 代替鹿角當作莊家的標誌，buck 就漸漸成了俚語中「元」(dollar) 的代稱。

例 Parents often try to ***pass the buck*** to teachers when children misbehave in school.

當孩子在學校行為不良時，父母常把責任推給老師。

pay through the nose
付出過高的價錢
to pay excessively or be overcharged

你可別以為這個用語是在形容有人有特異功能，能夠「用鼻子去付錢」！這個用語其實是指**付出比合理價格還要高出許多的錢買某樣東西**，類似中文所說「當冤大頭、被狠狠地敲竹槓」的意味。至於它真正的起源並無人能確定，不過有個較可信的說法是：西元九世紀時丹麥人占領愛爾蘭，且不合理地對居民課以重稅，如果有人付不出稅款或拒絕繳交，就會遭受切掉鼻子的處罰，所以又稱為「鼻稅」(nose tax)。所以當有人被狠狠地敲了一筆，多付了冤枉錢時，我們就會說他像當時的愛爾蘭人一樣，被人逼著「用鼻子去付錢」。

例 To get a ticket for the concert, I had to ***pay through the nose***. 為了買到演唱會的票，我花了一大筆冤枉錢。

pecking order 長幼尊卑順序
hierarchy based on rank or status

peck 本是指「用喙啄」的意思，所以這句話照字面解釋是「啄序」，但到底「啄序」是什麼呢？生物學家發現，家中飼養的雞有相當明顯的階級制度，地位較高的雞可以用喙啄地位低的，而被啄的一方也不敢反抗，只能默默承受。後來這種階級制度被應用在人類社會，以 pecking order 稱呼**任何團體中的長幼尊卑制度**或**權勢等級**。

例 The person who is at the top of the firm's ***pecking order*** can make the final decision on this issue.

公司地位最高的人可以對這個議題做最後決定。

peeping Tom 偷窺者

sb. who gets pleasure, especially sexual pleasure, from secretly watching others

這個片語的來源跟英國一位戈黛娃夫人 (Lady Godiva) 有關。西元十一世紀英國科芬特里 (Coventry) 市的伯爵利奧弗里克 (Leofrick) 對市民課以重稅，他的妻子戈黛娃夫人因同情市民的處境，特別替市民請求減稅。利奧弗里克厭倦妻子一再要求，於是告訴她：「如果妳敢裸體騎馬走遍整個城市，我就接受妳的要求。」沒想到戈黛娃夫人馬上向市民說明原委，並要求他們躲在家裡關上門窗，不准偷看，好讓她裸身騎馬穿過市街，而利奧弗里克也因此履行他的承諾，廢止重稅制度。只是當時有一位叫 Peeping Tom 的裁縫師，起邪念偷瞄了戈黛娃夫人一眼，結果被處以挖掉眼珠的刑罰，後來的人便以他的名字稱呼**偷窺狂**。同時也因為這個故事，英文才造出 peep 這個字，代表偷看、窺視。

例 I always close the curtains in case there are ***peeping Toms*** outside. 我總是關上窗簾以防有偷窺狂在外面。

pie in the sky　遙不可及的事

an unachievable dream; a fantasy

這句用語最早來自喬・希爾 (Joe Hill) 在 1911 年所寫的諷刺歌《牧師與奴隸》(*The Preacher and the Slave*)，而喬・希爾是當時名為 「美國世界產業工人聯合會」（Industrial Workers of the World，或稱為 Wobblies）的工會代表。由於二十世紀初期，另一個宗教組織「基督教救世軍」(Salvation Army) 積極對工會成員傳道，勸導他們努力工作，但不要爭取工資、福利，時候到了，上天自會有福報降臨。於是喬・在這首抨擊救世軍的歌中寫道：「…工作、祈禱、吃草度日，再過不久，等你死後，在天上屬於主的榮耀國度裡，你就可以吃到天上的派 (pie in the sky)…」他希望藉由這首歌諷刺這種宿命觀，認為無視於現實生活的嚴苛條件，只冀望死後接受主的恩寵，並得到天上的那塊派，是愚蠢而不切實際的。而那塊「天上的派」只是遙不可及的夢想罷了！以這首歌為背景，當我們要表示一些**不可及的夢想**或**渺茫的希望**時，就會說它只是 pie in the sky。

例　What my sister said is only ***pie in the sky***. How can it be possible for one to make lots of money when he or she just sits around at home?　我妹妹說的只是個遙不可及的夢想。怎麼可能有人只呆坐在家裡就能賺一大筆錢呢？

pin money　零用錢

money earned from a part-time job; extra money used for incidentals

pin 指的是婦女縫製衣服用的 「大頭針」，而 pin money

則是**零用錢、私房錢**的意思。在以往物資不足的年代，大頭針不是那麼容易買到，只有每年 1 月的頭兩天，商人才會出來販賣，而當時上流社會的婦女就會在這時候跟丈夫要點錢買大頭針。漸漸地，當人們要表示一些零花的費用（尤其是由兼差所賺得的錢）時，就會用 pin money 稱呼，不再侷限於針等小東西的花費上。

例 She has a regular full-time job but she earns extra ***pin money*** from babysitting.

她有固定的全職工作，但她還兼差當保姆以賺取零用錢。

pipe down　鴉雀無聲

to stop talking or be quiet

這個帶有命令口吻的片語，最常在教室裡聽到。課堂上若有學生過於吵鬧，老師會叫學生 pipe down，要他們「**安靜下來**」。這個片語源自船上的水手。負責管理甲板的水手長常用一種哨子 (pipe) 對全體水手發號施令，pipe down 指的就是水手長吹哨子讓水手們回到甲板下方休息的意思，想當然，那時候船上一定是鴉雀無聲。後來當有人命令別人安靜下來時，就會使用這句片語。

例 ***Pipe down***! The teacher is coming into the classroom.

安靜一點！老師要進教室了。

pipe dream　幻想

impossible, fanciful hope or plans

這裡的 pipe 是指吸鴉片用的煙管，所謂「管中夢」也就是白日夢的意思。吸了鴉片煙後會讓人產生幻覺，進入一個虛幻不實的世界，因此在十九世紀末，西方人就開始用 pipe dream 比喻某人吸鴉片後所產生**不切實際的幻想**。

例 The young man always has a lot of ***pipe dreams*** about what he wants to do in the future.

這個年輕人對他將來要做的事總是有許多幻想。

play it by ear 隨機應變

to act according to the circumstances

可別誤會這句話是「玩耳朵」的意思，這裡的 play 是指彈樂器，而 play it by ear 其實是西方人用來表達**隨機應變**的用語。原本是指單憑記憶中耳朵所聽到的音樂來彈奏樂曲，不需要靠樂譜提醒。後來當有人做事沒有事先計畫，而是看當時情況決定，我們就會說他是「靠著耳朵彈奏」。

例 I'm not sure how the plan will go, so let's ***play it by ear***.

我不確定這個計畫會如何進行，所以我們就看著辦吧！

play second fiddle 居次位

to take a subordinate part

這裡的 fiddle 指的是「小提琴」，play second fiddle 原本是指交響樂團裡的第二小提琴手。通常第一小提琴手是整個樂團裡最受尊敬的成員，相形之下，第二小提琴手的地位略低一籌，只負責一些配樂的部分。後來當我們比喻某人**擔任副手的角色**或**處於次要地位**時，就會說他 play second fiddle。

例 Tired of ***playing second fiddle***, she quit and started her own business. 厭倦了一直屈居次位，她辭掉工作，另外開創了自己的事業。

play to the gallery 譁眾取寵

to say or do sth. people want to hear in order to gain popularity

這裡的 gallery 是指 「劇場裡最頂層的樓座」。由於 gallery 是距離表演舞臺最遠的地方，票價相對地也最便宜，所以此區域的觀眾通常是一些收入較低、文化素養較差的民眾，演員們就會以拙劣、誇張的表演來吸引他們的注意。後來當某人的行為只是為了**想討好大眾、譁眾取寵**時，我們就會說他像舞臺上的演員一樣 play to the gallery。

例 He is more interested in ***playing to the gallery*** than trying to solve the problem.

他對譁眾取寵比較感興趣，而不是試著要解決問題。

pour oil on troubled waters 平息風波

to soothe or calm down sb. or sth.

這裡的 troubled 意思是「不平靜的」，這個片語指的則是**息事寧人**。根據英國修士兼史學家、文學家聖比德 (St. Bede) 在西元 731 年出版的《教會史》(*Ecclesiastical History*) 中記載：有位傳道士在護送國王即將迎娶的新娘途中，因為得到了神油 (oil) 平息大浪，才能成功完成任務並安全返家。後來西方就出現了一種迷信，認為只要將油倒進海水中就能平息波濤。到了十八世紀，美國的「革命之父」富蘭克林 (Benjamin Franklin) 在書中也提到了這段故事，讓這個成語更加流傳開來，表示**平息風波**。

例 He tried to ***pour oil on troubled waters*** by explaining how the problem had happened.
為了平息風波，他努力把問題發生的原因解釋清楚。

pull out all the stops　千方百計

to use all resources available

這裡的 stop 可不是作「停止」解釋，而是指管風琴的「音栓」。管風琴的內部裝有許多長短不同、音調各異的音管，當演奏者在彈奏時，會讓空氣進入音管內發出聲音。音栓就是用來控制空氣進入音管的流量，進而影響聲音的大小。如果演奏者「拉出所有音栓」，管風琴內部自然會眾管齊鳴，發出最大的聲音，於是西方人就將「拉出所有音栓」這句話引申為某人**盡了最大的努力、用盡各種辦法**的意思。

例 The police ***pulled out all the stops*** to find out the robbers.
警方千方百計想找到那些搶劫犯。

pull sb.'s leg　嘲弄某人

to tease or play a joke on sb.

我們常看到許多調皮的孩子在捉弄人時，會出其不意偷偷地伸出一根棍子或一隻腳把別人絆倒。這句用語所說的「拉某人的一條腿」就類似這種惡作劇的行為，後來人們才將其引申為**開玩笑、取笑或戲弄別人**的意思。

例 I knew he was ***pulling my leg*** when he said I looked like his dog.　我知道他說我像他的狗時，是在取笑我。

pull sb.'s (own) weight
守本分
to do sb.'s part

這句用語是由划船運動而來。划船是一個講究團體合作的運動，要讓船前進，就必須靠每位船員使盡全身的力氣划動自己的槳，因此 pull 在這是指「划槳的動作」，而 pull sb.'s weight 就被用來比喻**竭盡全力做好自己分內的工作**。

例 When Mother was sick in the hospital, Father said each child must ***pull his own weight***. 當媽媽生病住院，爸爸要我們每個小孩都盡力做好分內的事。

push the envelope
超越極限
to go to the limit of known performance

如果你認為這裡的 envelope 是指「信封」，那你可就大錯特錯了。這句片語原是飛機試飛員的術語，大約出現在二戰末期。所謂 envelope 是指飛機飛行時在技術上所能到達的極限，而這種飛行極限由曲線圖表示：在飛機的速度和壓力達到極限的過程中，曲線會逐漸上揚；等到達某一定點後，曲線又會突然下降，表示飛機的性能已發揮到極限，飛行員不能再控制它。因為這個測試飛機性能的方法，後人就用 push the envelope 比喻**超越極限**，並成為相當流行的俗語。

例 If you want to be successful, you need to ***push the envelope***. 如果你想成功，你必須要超越極限。

put a sock in it 閉嘴

to stop talking

這句成語就字面上是「把襪子放進去」，其實是用來表示**安靜下來、住口**的意思。以往留聲機並沒有控制音量的裝置，為了要降低音量，一般人常會把襪子塞在喇叭狀的擴音器裡，於是 put a sock in it 就有降低音量的含意，漸漸地就成了要人閉嘴的用語。

例 Since my baby is sleeping, would you please ***put a sock in it***? 我的寶寶在睡覺，請你安靜一點好嗎？

put on sb.'s thinking cap 深思熟慮

to take time to consider carefully

《哈利波特：神秘的魔法石》(*Harry Potter and the Sorcerer's Stone*) 這本暢銷書裡出現過一頂擁有神奇魔力的帽子，可以知道戴帽子的人腦子裡正在想些什麼。在十六到十八世紀的英國也曾出現一種相當著名的帽子，稱為 considering cap，不過這種帽子沒有魔力，而是「深思熟慮」的象徵。當時法官在即將宣布判決（特別是死刑案件）時，都會戴上它，表示這件案子是以相當謹慎的態度來審判。後來人們將 considering cap 改成 thinking cap，並使用 put on sb.'s thinking cap 來比喻**仔細思考**的意思。

例 Let's ***put on our thinking caps*** and see if we can find the answer to the difficult question.

讓我們一起仔細想想是否能找到這個難題的解答。

put sb.'s foot in it 失言

to say or do sth. that causes an argument

如果你有下廚做菜的經驗，就知道把粥煮到燒焦或將肉烤過頭的味道一定令人不敢領教！在 1528 年，被稱為「英文聖經之父」的著名譯經家 William Tyndale，就曾以「主教把他的腳放在鍋子裡了！」比喻把東西煮壞了的情境。至於為什麼要用「都怪主教把腳放在某個東西裡」表示呢？他的解釋是：因為主教會燒毀他非常想得到的東西或讓他不高興的人！所以當有燒焦的情況發生，就會讓人馬上聯想到主教，而這句帶點諷刺意味的用語，就這樣流傳下來，引申為**說話不得體**或**做事不得當**。另一句類似的用語 put sb.'s foot in sb.'s mouth 則專門指「說錯話」的意思。

例 He really ***put his foot in it*** with his criticism of divorce. He didn't know that Mary just broke up with her husband.

他對離婚所作的批評言論實在很不得體。他不知道 Mary 才剛和她的先生分開。

 quick on the draw 反應靈敏

rapid in acting or reacting

你是否曾看過美國西部牛仔片呢？在身材挺拔的牛仔與敵人對峙的緊要關頭時，牛仔手腳敏捷地掏出配戴的手槍並制伏歹徒，那一幕真是令人忍不住拍手叫好！這裡的 draw 是指拔槍的動作，而這句用語有**反應或動作相當靈敏**的意思。另一個含意相同的用語 quick on the trigger，也是用快速扣扳機的開槍動作比喻反應敏捷。

例 He is always ***quick on the draw*** in class discussions.
在課堂上討論時，他的反應總是很靈敏。

queer sb.'s/the pitch 破壞計畫

to ruin a plan

這句用語源於十九世紀的英國商場，是指**破壞某人的計畫**。queer 在這裡作動詞，表示「破壞」，而 pitch 則是「販售商品的攤位」。當時有些攤販的生意被其他懂得叫賣、吸引客人的小販搶走，就會用 queer sb. pitch 表示搶人生意，讓人生意無法成功。後來這句用語又在演員間流傳，用來指搶某人鏡頭。漸漸地我們就用「破壞某人的攤子」表示破壞計畫。

例 It will really ***queer our pitch*** if there is a typhoon tomorrow. 如果明天有颱風，我們的計畫就泡湯了。

Queer Street/queer street

(經濟)困境

in difficulties, usually financial

當某人處在「古怪街」，就表示他**陷入經濟困境**或**處於困難中**。西方人習慣用街的名稱呼在這條街工作的人。例如英國倫敦有一條報社林立的艦隊街 (Fleet Street)，英國人就以此來稱呼新聞界；而倫敦政府機關所在地白廳 (Whitehall) 也成為英國政府的代稱。那麼「古怪街」是真有其地嗎？其實只是一個虛構的地方，因為 queer 本身就有異常的、不舒服的等負面意義，於是當有人陷入困境、窘境 (特別是經濟方面) 時，我們就會說他身處「古怪街」。

例 His investment in the business enterprise will surely put him in ***Queer Street***.

投資那家企業一定會讓他陷入經濟困境。

★rack sb.'s brains

★rain cats and dogs

★rain check

★rank and file

★rat race

★read between the lines

★read the riot act

★real McCoy

★red herring

★red-letter day

★red tape

★rest on sb.'s laurels

★right-hand man

★ring a bell

★rob Peter to pay Paul

★rock the boat

★roll with the punches

★rope sb. in/into

★round the bend

★rule of thumb

★run-of-the-mill

rack sb.'s brains 絞盡腦汁

to make a great mental effort to remember sth. or find a solution

這句用語就是中文「絞盡腦汁」的意思，源於英國的監獄。rack 指的是拷問犯人的「拷問臺」，亦可當動詞作「拷問」解釋。在執行拷問時，犯人的四肢會被綁在拷問臺上，然後利用臺上的滾輪拉扯四肢，折磨犯人一直到他說出實話為止。因為努力用腦想事情跟接受拷問一樣痛苦，後來人們就用 rack sb.'s brains 表示**用盡心力去回想**或**解決問題**。

例 He had to ***rack his brains*** to solve that complicated math problem. 他必須絞盡腦汁去解那複雜的數學問題。

rain cats and dogs 下傾盆大雨

to rain heavily

咦？乍聽之下雨跟貓、狗有什麼關係呢？其實這個有趣的成語是**下傾盆大雨**的意思。追溯它的來源有三種不同說法：第一種說法認為這句成語源於十七世紀的英國。當時街道的排水系統很不完善，每當大雨一來，總會有貓狗被水淹死，雨停之後，街上到處可見貓狗的屍體，看起來就像是伴隨大雨降下來似的。第二種說法則由北歐神話而來，而且都跟天

氣有關。神話裡的眾神之王奧丁 (Odin) 腳邊躺著兩隻狼狗，北歐人認為暴風雨是因奧丁騎馬奔馳而起；再加上貓被認為能夠影響天氣的好壞，所以後人都會把大雨和貓狗聯想在一起。最後一種說法則認為天上的天貓專門掌管天氣好壞，天狗的工作則是掌管風的出現與否，如果祂們一言不和打起來，就可能造成雷雨交加的氣候。

例 It has been ***raining cats and dogs*** here all morning.
這裡已經下了一整個早上的大雨。

rain check

因故可再憑此入場的票根；改期

a free ticket to an event in place of one cancelled because of rain; a promise to repeat an invitation at a later time

rain check 是一句相當普遍的用語，源於最受美國人歡迎的棒球運動。由於棒球賽大多在露天的運動場舉辦，有時會因為突然下起傾盆大雨，不得不中止比賽，擇期再辦。當這種狀況發生時，主辦單位會讓已買票的觀眾領取「雨票」，也就是在球賽**因下雨改期舉行時，可憑之免費入場的票**。後來 rain check 不再限於棒球賽中，而被廣泛應用於其他的活動。而後更進一步延伸出當有人因故無法赴約時，委婉地用這句話表示**改天再說**的意思。

例 I can't attend your meeting tonight, but I would like to take a ***rain check*** for next one. 我無法參加你們今晚的聚會，但是我很樂意參加下次聚會。

rank and file 普通成員

the regular membership of an organization; ordinary people

此片語源自軍隊，rank 是指士兵隊伍中的橫列，file 則是隊伍中的縱隊，rank and file 就是士兵組成的行列。後人將這句話的意義延伸，用來稱呼**某個組織的基本成員**或**平民**。

例 The new officer really appeals to the ***rank and file*** in the farmers' association. 這位新官員極受農會成員的愛戴。

rat race

激烈競爭

a difficult, tiring, often competitive activity or routine

rat 是「老鼠」,「老鼠的競賽」則是比喻**無止盡的激烈競爭活動**或**忙碌而緊張的工作**。至於為什麼會選上老鼠做代表呢？這是因為老鼠給人的印象，是被關在實驗室所設計的迷宮裡，像隻無頭蒼蠅鑽來鑽去，或是整日繞著轉輪跑，彷彿一刻也停不下來，就像人們為了生活每天忙碌不停，卻又不知道自己的目標在哪。於是美國人就創造這個詞語，譏諷一些忙碌刻板的工作，或進一步用來指無意義的競爭活動。

例 I am tired of the ***rat race*** in my office.
我實在厭倦了辦公室裡無休止的競爭。

read between the lines
懂得絃外之音
to understand more than what is already stated

如果你曾看過間諜片，想必對這個用語的來源並不陌生！以前的人傳遞祕密訊息時，會使用一種特殊的筆寫字，想看到這些字，非得用同一種筆的另一端「擦拭」它們才行；有些人則用檸檬汁寫字，因為檸檬汁本身是透明的，除非把它加熱，否則什麼也看不到；更有人把重要訊息隱藏於一般文件中，唯有以「隔行閱讀」的方式，才能看出字裡行間的祕密，後來我們就用「讀行間的話」表示**領悟言外之意**的意思。

例 To understand poetry, one has to ***read between the lines***.
要懂得詩，必須要能領會言外之意。

read the riot act 嚴辭警告(斥責)
to give sb. a strong warning or scolding

有時候我們會在新聞轉播中看到，有人非法抗議時，警方會先舉牌警告他們違反了「集會遊行法」，如果這些民眾還是不肯離去，警方就可以當場逮捕他們。這句用語中的 riot act 是英國在 1715 年制訂的「鬧事取締法」，也就是類似現在的「集會遊行法」。這項法律規定：當十二個或十二個以上的人聚在一起集會時，地方官有權向他們宣讀「鬧事取締法」的內容，如果在一小時之內仍不肯解散，這些人就會被當成重罪犯逮捕。後來雖然這項法律被廢除了，但人們仍引用這句成語，表示對某人**發出嚴重警告**或**斥責**的意思。

例 The teacher ***read the riot act*** to the students who were late

for school again.
老師對那些再次遲到的學生發出嚴重警告。

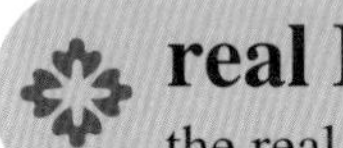

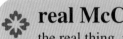

real McCoy 真品

the real thing, not an imitation or substitute

此片語的起源眾說紛紜，有人認為這是由於一位工程師以利亞・麥考伊 (Elijah McCoy) 發明了一種能自動調節的潤滑裝置，沒想到馬上出現許多劣質的仿冒品，使得消費者在購買時一再詢問：「Is this the real McCoy?」；也有人說 McCoy 是指美國禁酒時期的酒品走私販比爾・麥考伊 (Bill McCoy)，由於他走私的酒全無雜質且品質很好，於是 McCoy 就成為「真貨」的代名詞；最為人採信的說法則認為，此片語指的是美國拳王基德・麥考伊 (Kid McCoy)（真名為 Norman Selby）。話說某日在一酒吧裡，有個傢伙吹噓說他可以打敗拳王麥考伊，不巧麥考伊正好在場，他走過去三兩下就把這不識貨的傢伙打倒，等到這個倒楣鬼清醒後，他才趕緊求饒說：「好了！你的確是勇猛的麥考伊。」由於麥考伊是風靡一時的拳王，自然也有其他關於這個片語的不同說法。例如有些不知名的拳擊手為吸引觀眾，到小鎮巡迴比賽時都會謊稱自己是麥考伊，結果到處都是他的分身，最後他本人只好昭告天下他的真名是 Kid The Real McCoy！因此，當我們要強調**如假包換的真貨**時，就會說它是 real McCoy。

例 "Is it a Louis Vuitton handbag?"
"Yes, it's the ***real McCoy***."
「這是 Louis Vuitton 的手提包嗎？」
「是的，如假包換。」

red herring　轉移注意力的事(物)

sth. that draws attention away from the central issue

herring 是「鯡魚」，一種海魚。鯡魚肉很容易變質，最好的保存方式就是將牠用鹽醃過後再煙燻，其肉因而呈現深紅色，所以又被稱為 red herring。由於煙燻過的鯡魚會發出很濃的特殊氣味，有人說以前反對獵狐的人，會在獵犬追蹤狐狸氣味時，用鯡魚的味道混淆獵犬的嗅覺；也有人說獵人在訓練獵犬時，會將燻鯡魚丟在森林裡，以混淆獵犬的嗅覺，讓牠們慢慢從中加強嗅覺的敏感度，學會排除干擾的氣味，進而達成追捕獵物的任務。因為這兩種說法都有「轉移目標」的意義，後來西方人就用 red herring 形容**會分散別人注意力、轉移焦點的事物**。

例　His talking about the new plan is a ***red herring*** to keep us from finding out the truth.

他談論新計畫只是想轉移焦點，好讓我們找不出真相。

red-letter day　重要日子

a day that is memorable because of some important event

當日曆出現紅色的日期時，我們最常聯想到的就是終於可以放個假、喘口氣了，而英文裡的 red-letter day 指的就是節日或紀念日。為什麼會以紅色來標示這些特別的日子呢？最早在十五世紀左右，教會會把一些重要的宗教節日用紅色油墨標出來，以提醒大家將舉辦慶祝活動。漸漸地在一些特別或值得紀念的日子出現時，日曆都會用紅色標示，因此我們就用 red-letter day 喻指**重要**或**值得慶祝的日子**。

例 It will be a ***red-letter day*** when world hunger is solved.
當世界的饑荒問題解決時，那將是個值得慶祝的日子。

red tape 繁文縟節

official procedure regarded as unnecessary or time-consuming

到政府機關辦事時，一件簡單的事情卻要經過費時繁瑣的層層手續，一定令人覺得痲煩透了。英文裡的「紅膠帶」就是指這種與政府或官方機構打交道時遇到的繁文縟節。這句成語最早是由十九世紀英國小說家狄更斯 (Charles Dickens) 使用，因為當時政府官員整理文件時，都會用紅色的膠帶把一疊疊文件捆好，於是「紅膠帶」就被人與**繁文縟節**或**官僚主義**聯想在一塊兒了。

例 There was much ***red tape*** when we went to the city hall to get a business license.
我們到市政府辦營業執照時碰到許多繁文縟節。

註 查理士・狄更斯 (1812–1870) 是維多利亞時期 (The Victorian Age) 最受讀者擁戴的英國小說家。其著名小說有《塊肉餘生錄》(*David Copperfield*)，《孤雛淚》(*Oliver Twist*)，《耶誕頌歌》(*A Christmas Carol*) 等。

rest on sb.'s laurels
滿足於某人的過往成就
to rely on sb.'s past achievements, and stop trying to win new honors

laurel 是指「月桂樹葉」，而這句成語是比喻**某人滿足於過往的成就**。皮提亞運動會 (Pythian Games) 是在希臘德爾菲 (Delphi) 每四年舉行的古希臘運動會之一，這個運動會比賽的優勝者會獲頒月桂樹葉編成的花冠，表示無上的榮譽，因此月桂葉對西方人而言就是榮譽的象徵。後來當**某人滿足於現狀，而停止繼續求進步**時，我們就會說他是「躺在月桂葉上休息」。

例 He always works hard and doesn't want to just ***rest on his laurels***. 他總是努力工作，不想只滿足於現狀。

right-hand man 心腹
a trusted helper

所謂「右手的人」，其實就是中文所說**心腹、得力助手**。為什麼右手被賦予這麼重大的意義呢？這是因為大部分的人都是「右撇子」，右手的運用比左手要靈活，所以右手也顯得較為重要，於是西方人就用 right-hand man 稱呼在**身邊可以幫助自己，並且可以依靠信任的人**。

例 The boss never goes anywhere without his secretary, his ***right-hand man***, whose judgment he greatly trusts.
這個老闆到哪裡都會帶著他的祕書，因為他非常相信這個得力助手的判斷力。

ring a bell　想起

to arouse an indistinct memory

在警報系統還沒有出現的年代，鐘或鈴 (bell) 是最常被當作提供信號或警戒的工具。特別是在錶等計時器還未普及前，鐘聲或鈴聲就成了最佳的報時工具。比方教堂裡的鐘聲響起，居民就知道做禮拜的時間到了；學校的鐘聲響起，提醒學生該是上課的時間。甚至後來許多的日常用品，如烤箱、洗衣機、微波爐等，也會用鈴聲來提醒人們注意。因為鐘聲或鈴聲總會讓人聯想到某件事，於是西方人就用 ring a bell 來表達**回想起某事**，或引申為**某件事聽起來很熟悉**的意思。

例　The old song ***rings a bell*** with his parents.
那首老歌使他想起了父母。

rob Peter to pay Paul　以債養債

to take money from sb. in order to pay sb. else

這句用語也就是中文所說「拆東牆補西牆」，而它真正的來源無人能確定。有一種說法指出這裡的 Peter 和 Paul 應該是兩所教堂的名字。在十六世紀左右，位於英國倫敦西敏區 (Westminster) 的聖彼得大教堂 (St. Peter's Church)，被挪用大量的物資去支援聖保羅大教堂 (St. Paul's Cathedral) 的修復工程，這就是「搶彼得的東西去付給保羅」的最佳例證。但因為這個用語早在十四世紀就已經出現，所以這個來源說法似乎不太符合事實，不過由於 Peter 和 Paul 都是英語中常見的人名，後來當西方人表示**拆東牆補西牆**、**以債養債**時，就會使用這句話。

例　I am not going to ask my sister for some money in order to

pay you. It would be like ***robbing Peter to pay Paul***.
我不會跟我妹妹拿錢來還你；這會變成以債養債。

rock the boat 興風作浪

to do or say sth. to disturb the balance of a situation

這個成語在 1920 年代時流行於英美兩國，當中的 rock 並不是石頭，而是當動詞「搖晃」。有划船經驗的人都知道，划船時最怕有人故意搖晃船隻，因為接下來船可能會因為重心不穩而翻覆，引發嚴重的後果。因為搖晃船隻給人「不穩定、不順利」的感覺，後來 rock the boat 就引申為**某人興風作浪**或**讓事情不能順利進行**。

例 They certainly don't want anyone ***rocking the boat*** just before the election.
在選舉前他們當然不希望任何人再興風作浪。

roll with the punches 能屈能伸

to cope with and withstand adversity, especially by being flexible

roll with the punches 源於拳擊賽，這個片語本身就在說明一種拳擊技巧。roll 是指「身體的轉動」，而 punch 則是「用拳猛擊」，這種技巧是拳擊手順著對方拳頭打來的方向轉動身體，藉此減輕受擊的力量。因為這個片語有「為求生存而採取應變手段」的含意，後來西方人就把它引申為**某人在困境中，仍然能屈能伸、逆來順受**的意思。

例 You have to ***roll with the punches*** if you want to survive in this business.
如果你想在這一行待下去，就必須要能屈能伸。

rope sb. in/into 誘使某人做某事

to lure or entice sb. into doing sth.; to persuade sb. to do sth.

在一些美國西部片中，常可以見到牧場裡的牛仔，甩甩手中的套索再拋開，就輕鬆地將馬套住。rope in 這句用語，指的就是牛仔用一端有活結的長索將馬套住的動作。後來當我們要表達**誘使某人入圈套**或**說服某人參與活動**時，就會說他像這些馬一樣被套住，跑不掉了！

例 She didn't want to help with the dinner but she was ***roped into*** doing it by her husband.

她原先並不想幫忙準備晚餐，但還是被她丈夫說服了。

round the bend 發瘋

mentally confused or unable to act in a reasonable way

如果我們說某人「在彎道附近」，就表示這個人瘋了！這個說法來自維多利亞時期，精神病院的車道入口都會放置一個彎曲物 (bend)；而上流社會人士豪宅外的車道則是直線的，以便和精神病院作區隔。因為 bend 成為精神病院的象徵，人們漸漸就用 round the bend 表示某人**精神不正常**或**發瘋**。

例 His behavior really drives me ***round the bend***.

他的舉動真令我受不了。

rule of thumb 經驗法則

a method of procedure based on experience and common sense

追溯這個成語的起源，可以發現它有各種不同的說法：

一是由於十八世紀的英國有個不成文的法律規定，為了糾正妻子的錯誤，丈夫可以合法使用比他自己拇指 (thumb) 還細的棍子毆打妻子，因此 rule of thumb 就成為衡量事情的**基本法則**。第二種說法認為它源於啤酒的釀造過程。在溫度計還未發明之前，釀酒者會憑著經驗，用自己的拇指去測試啤酒的溫度是否合宜，於是 rule of thumb 就被用來表示**約略的估計**或**單憑經驗來做事**的意思。還有一種說法則認為，前人喜歡用身體當作丈量單位，如：自肘至中指端稱「一腕尺」(cubit)，從鼻子到伸展開的指尖稱「一碼」(yard)，而大拇指第一個關節的長度就是「一英寸」(inch)，於是 rule of thumb 就表示**快速估算**、**約略衡量**的意思。

例 A teacher's most basic ***rule of thumb*** is patience.

一個老師做事的基本方法就是耐心。

run-of-the-mill

一般的

ordinary; routine

這裡的 mill 指的是「製造廠」，而 run 有「工廠運轉」的意思。一般工廠通常在製造程序完成後，還會經過檢視、分類等品管手續，確保產品的品質能維持一定的水準，而 run-of-the-mill 原本是指製造完成後，還未經分類的產品。由於這些產品看起來都一樣，無法確知其品質高低，後人就用這個片語表示**一般的**、**普通的**或**例常的**。

例 There is nothing special about my work; it is just the ***run-of-the-mill*** routine.

我的工作沒什麼特別的，只是例行公事罷了。

單元測驗 PQR

I. Multiple Choice

Choose the best answer to complete each sentence.

( ) 1. I don't remember meeting him, but the name Tom Lee ______.

(A) racks my brain (B) rings a bell

(C) runs a risk (D) raises my eyebrows

( ) 2. Mandy always takes a ______ with our date. Maybe she doesn't like to go out with us.

(A) red herring (B) red tape

(C) rough guess (D) rain check

( ) 3. Emma doesn't want to ______ her sister, so she works very hard to surpass her.

(A) play second fiddle to (B) put up with

(C) pass the buck to (D) pipe down

( ) 4. The candiate criticized the government's policy just to ______.

(A) pass the buck (B) pay through the nose

(C) play to the gallery (D) paddle his own canoe

( ) 5. The news is a ______ created by the government to draw the public's attention away from the political scandal.

(A) real McCoy (B) red herring

(C) red tape (D) right-hand man

II. Fill in the Blanks

Choose from the phrases listed below and fill in each blank with a proper answer.

(A) **paint the town red**	(D) **rule of thumb**
(B) **racking his brain**	(E) **peeping Tom**
(C) **read between the lines**	

1. A ______ to prevent theft is to keep your door locked.
2. Whenever they finish the final exam, they want to ______.
3. The police arrested a ______ near our office last night.
4. Bob has been ______ trying to remember where is the book.
5. Jerry can't ______, you should tell him the real meaning of the riddle.

III. Matching

Match the idioms and phrases on the left with their definitions.

( ) 1. pull someone's leg	(A) play a joke on someone
( ) 2. run-of-the-mill	(B) a memorable day
( ) 3. a red-letter day	(C) do something without planning
( ) 4. play it by ear	(D) not very special in any way
( ) 5. a rat race	(E) an exhausting routine

Answers

I. 1. B 2. D 3. A 4. C 5. B
II. 1. D 2. A 3. E 4. B 5. C
III. 1. A 2. D 3. B 4. C 5. E

★sacred cow

★salad days

★save sb.'s bacon

★saved by the bell

★seamy side

★sell down the river

★shake the dust off sb.'s feet

★shed/weep crocodile tears

★show the white feather

★skeetlon at the feast/banquet

★skeleton in the closet/ cupboard

★sleep tight

★smart alec/aleck

★smell a rat

★sour grapes

★spill the beans

★spitting image

★steal a march on

★steal sb.'s thunder

★stick-in-the-mud

★stick sb.'s neck out

★stick to sb.'s guns

★still small voice

★stool pigeon

★straight from the shoulder

★straw in the wind

★(the) straw that broke the camel's back

★swan song

sacred cow　不可侵犯的人(物)

sb. or sth. that is immune from criticism

說到牛，很多老饕們會想到肉汁四溢的牛排而大流口水！不過對印度教徒而言，吃牛肉可是萬萬做不得的事，就算是鬧飢荒也不能打牛的主意！牛對他們來說是生命的象徵，更是神聖 (sacred) 不可侵犯的，於是統治過印度的英國人就用「神牛」嘲諷一些**享有特權**或**不可批判侵犯的人（物）**。

例 Because the press always emphasizes its freedom of speech, it seems to have become a ***sacred cow***.

由於新聞界總是強調其言論自由，所以這個行業似乎已變得不可侵犯。

salad days　少不更事的時期

time of youthful inexperience

這句用語是引自莎士比亞 (William Shakespeare) 晚年的一部歷史悲劇作品《安東尼與克麗歐佩特拉》(*Anthony and Cleopatra*)。在這部劇中，和安東尼 (Anthony) 相戀的埃及女王克麗歐佩特拉 (Cleopatra)，曾嘲笑自己年輕時崇拜凱撒王的行為是多麼愚蠢可笑，她說：「在那段少不更事的時期，我的判斷力是如此不成熟⋯。(My salad days,/When I was green in judgment...)」後來當西方人要形容**少不更事的青春期**時，就會用青翠新鮮的生菜沙拉比喻。

例 I was quick-tempered during my ***salad days*** in high school.
在高中少不更事的時期，我的脾氣很暴躁。

註 《安東尼與克麗歐佩特拉》主要描述在羅馬執政的安東尼，因為迷戀美麗動人的埃及女王克麗歐佩特拉，夜夜設宴狂歡，而挑起另一位執政者的野心，進而鼓吹羅馬人民群起推翻安東尼。此時的羅馬同時還得面對外敵的威脅，安東尼面臨重重打擊，從此一蹶不振，走向與克麗歐佩特拉同歸於盡的絕路。

save sb.'s bacon　使某人倖免於難

to save sb. from danger or trouble

bacon 是「煙燻火腿肉」，也就是「培根」，而西方人所謂「挽救某人的培根」是**讓某人倖免於難**的意思。這句用語為什麼會和培根有關係呢？有一說認為這句話源於發明冰箱前，人們在冬天保存培根以防被流浪狗吃掉，後來漸漸引申為「免於任何損失」；另一種說法則認為，在十一到十九世紀時，一般平民經濟上能負擔得起的肉品就是豬肉，所以「豬」和其相關字（如：pig, hog, swine）就成為「民間百姓」的代名詞，而 save sb.'s bacon 就等於 save sb.'s life。類似用語還有 save sb.'s neck，由於以往有絞刑或將犯人斬首的死刑，人們就用「挽救某人的脖子」比喻讓某人免受苦難或懲罰。

例 Tom ***saved Mary's bacon*** by typing the report for her; without his help she could not have finished it on time.
Tom 幫 Mary 打報告而讓她免於受罰。要是沒有他的幫忙，她是不可能準時完成的。

saved by the bell 免於做某事

saved by a last minute intervention

當我們說一個人「被鈴聲拯救」，就表示這個人**在千鈞一髮之際避開某事**或**被拯救**。這句成語的來源眾說紛紜，比較可靠的說法有二種：一是認為這裡的 bell 是指墓地的鈴聲。古時的英格蘭為了節省用地，常在死者過世一陣子後，挖開棺木把屍骨移至他處，以便重新利用這塊墓地。然而殯葬業者竟在一些棺木上發現抓痕，才驚覺有很多還沒死的病人被誤判死亡而遭埋葬。為了避免這種情形一再發生，他們在死者入殮時，把一端繫有鈴鐺的繩子綁在他的手上，如此一來，若這個人突然甦醒，就可以讓人循著他所發出的鈴聲，把他救出來而不至於被悶死。另一種說法則跟拳擊賽有關。因為鈴聲響起表示一回合結束，打輸的一方即可免於繼續挨打，可說名符其實地被鈴聲救了。

例 Luckily, the girl was saved by the firefighter before she fell from the window. She was ***saved by the bell***. 幸好這名小女孩在摔落窗戶前就被消防員救下，她才能倖免於難。

seamy side 醜陋面

sordid or least pleasant aspect

這句用語起源於縫紉工作，所謂 seamy 是指「布料之間接縫的地方」。一般而言，衣服的正面看起來都非常漂亮，可是一翻到反面，卻有許多縫口和線頭，當然就沒那麼美觀。因此莎士比亞 (William Shakespeare) 在其作品《奧賽羅》

(*Othello*) 裡以「有縫口的那一面」暗喻事情的黑暗、醜陋面，而自莎翁之後，seamy side 漸漸成為和 dark side 同義的俗語，被人普遍用來比喻**生活中隱藏的醜陋面**。

例 She grows up from a very wealthy family, so she has little understanding of the ***seamy side*** of life. 她生長在一個富裕的家庭，所以並不太了解生活的醜陋面。

sell down the river 背叛

to betray the trust or faith of

這句成語源於美國的黑奴時期，而這裡的 river 是指密西西比河 (Mississippi River)。由於當時美國南方需要大量人力幫忙種植棉花和其他作物，因此常發生在北方擔任家傭的黑人，被主人偷偷賣到南方的情形。這些黑奴大多像貨品一樣，沿著密西西比河被「運送南下」，於是當某人**背叛**、**出賣**別人時，我們就會用 sell down the river 形容其行為。

例 Tom ***sold his friends down the river*** by telling the teacher about their secrets.
Tom 告訴老師他朋友們的祕密而背叛了他們。

shake the dust off sb.'s feet 憤而離去

to depart angrily or contemptuously

這句用語引自新約聖經《馬太福音》(*Matthew*)。故事記載，耶穌 (Jesus) 對四處為人驅鬼治病、宣揚福音的門徒說：「…凡不接待你們、不聽你們說的人，你們離開那家或是那城的時候，就把腳上的塵土跺下去…。(...And whosoever shall not receive you, nor hear your words, when you go out from that house or that town, put off its dust from your feet...)」因為猶太人認為，異教國家的塵土是不乾淨的，所以抖掉腳上的灰塵就表示和異教徒們分道揚鑣。後來，人們用這句話表示某人**忿忿然**或**不屑地離開**。

例 The young man was so unhappy in this small town that he ***shook the dust off his feet*** and moved to New York.
這個年輕人在這小鎮裡過得很不快樂，所以他忿忿然地離開並搬到紐約。

shed/weep crocodile tears
貓哭耗子假慈悲

to show sadness that is not sincere

所謂「掉下鱷魚的眼淚」就是**貓哭耗子假慈悲**的意思！鱷魚張開嘴巴時會分泌一種液體，用來清洗眼角膜，所以當鱷魚在狼吞虎嚥時，總會流出大量的眼淚。由於這種眼淚壓根兒不含一絲悲傷的情緒成分，所以大家就用 crocodile tears 表示某人**虛情假意、假慈悲**。

例 They were only ***shedding crocodile tears*** at the old man's funeral. 他們在那老人的葬禮上虛情假意地哭著。

show the white feather 膽怯

to show cowardice

當我們說某人「秀出白羽毛」，就是指他**示弱、膽怯**。為什麼白羽毛會是膽小的象徵呢？因為在鬥雞場裡，若是鬥雞紅、黑相間的羽毛中摻雜著白羽毛，就會被認為是雜種、營養不良且缺乏戰鬥力，於是西方人就用 show the white feather 暗諷某人**膽小、懦弱**的樣子。

例 Once the teacher appeared, the two boys ***showed the white feather*** and stopped fighting.
老師一出現，這兩個男孩就心生膽怯而停止打架。

skeleton at the feast/banquet

掃興的人或事

a person or event that brings sadness to an occasion of celebration

這句成語據說是源自於古埃及時的一種習俗，只要是有喜慶之事擺設宴席時，人們就會在桌上擺設一具骷髏頭，目的是要提醒與會的人們，人生不僅僅只有喜悅還有悲傷的存在。但這樣的習俗在他人眼裡，不僅是倒人胃口，而且還掃了他人的興致。後來這句成語也衍伸出**掃興、討厭**之意。

例 No one wants to invite John to the party because he is a ***skeleton at the feast***.
沒人想邀請 John 去參加派對因為他是一個掃興的人。

skeleton in the closet/cupboard

家醜

a shameful secret; sb. or sth. kept hidden, especially by a family

這句用語就字面上解釋是「衣櫥或櫥櫃裡的骷髏」，其實意思類似中文所說「**不可外揚的家醜**」！這句話的來源有兩種版本，不過何者為真卻無處可考。第一個版本據說是個真實

的案例，有個丈夫將自己妻子的舊情人殺死後，把他的骸骨放在臥房的櫥櫃中，還逼迫妻子每晚睡前必須親吻這個骷髏，於是這具放在櫥子裡的骷髏就成了兩人不可告人的「家醜」；另一個說法則因為以往解剖屍體被認為是非法的，有些醫師或醫學院學生為了研究人體，只好偷偷將非法取得的人骨藏在櫥櫃裡，以防被發現。以上兩種說法都有「不可告人的祕密」之意，所以「放在櫥櫃裡的骷髏」就成了**家醜**的代名詞。

例 Uncle John was the ***skeleton in our family's closet*** because he was a drunk.

John 叔叔是我們家的恥辱，因為他是個酒鬼。

sleep tight 好好睡

to sleep well

就寢前，如果聽到有人對你說這句話，可別以為是要你被子蓋得緊緊地 (tight) 睡！這句話是西方人互道晚安時常出現的用語，表示希望對方**睡得好、睡得香甜**。它的來源則和以前的床有關。在彈簧床還未發明的年代，大部分的人是將粗繩綁在床框兩端，編成床板，然後再把稻草鋪在上面當作床墊。可是時間一久，繩子會鬆掉，整個床就變得垮垮的，因此必須要定期將繩子綁緊，才會睡得舒服。後來當西方人要祝別人有個好眠時，就會對他說「sleep tight」！

例 When my mom puts my little brother in bed, she always

says, "***Sleep tight***!"

每當媽媽送弟弟上床睡覺時，都會對他說：「好好睡！」

smart alec/aleck　自作聰明的人

sb. who is always trying to seem cleverer than everyone else in a way that is annoying

這句俗語可追溯至十九世紀中葉。美國有位惡名昭彰的大壞蛋叫亞歷克・霍格 (Alec Hoag)，他在紐約不僅經營色情行業，更發明了 The Panel Game 的偷竊手法，利用人們沒有防備或熟睡時，由牆壁夾縫中潛入偷竊。由於他每次都得逞，同時又表現出「大家都拿我沒辦法」的得意樣子，所以後人要嘲諷一些**自作聰明的人**時，就會叫他們 smart alec/aleck。

例 Some ***smart alec*** in the audience kept making witty remarks during my talk.

某個自作聰明的聽眾一直在我演說進行中發表高論。

smell a rat　感覺事有蹊蹺

to have a suspicion of sth. wrong

以往環境衛生還未被普遍重視的年代，家家戶戶最頭疼的「不速之客」恐怕就是「老鼠」了！老鼠不僅會偷吃東西，更會傳播細菌，因此人們便養狗來捉老鼠。由於主人會獎賞捉到老鼠的狗，狗每天也就很認真地東嗅西嗅，希望達成自己的任務。後來當**某人感覺事情有可疑之處**時，我們就會俏皮地說他像機警的狗兒一樣，已經嗅到老鼠的味道了！

例 The man tried to sell me a ticket, but I ***smelled a rat***.

那個男人想賣票給我，但我覺得事有蹊蹺。

sour grapes 酸葡萄心理

denial of the desirability of sth. that is unattainable

這句用語就是我們常說的「酸葡萄心理」，源於《伊索寓言》(*Aesop's Fables*)。有一隻非常飢餓的狐狸，走著走著發現葡萄園裡的架子上，結滿了一串串熟透的葡萄，但牠試盡各種方法，就是沒辦法摘下葡萄，最後牠只好放棄，並用一種蠻不在乎的不屑口吻說道：「哼！這些葡萄應該還沒有成熟，一定是酸的。」因為這個故事，後來當有人**批評自己無法得到的東西**時，我們就會說他「吃不到葡萄說葡萄酸」。

例 When she said the performance was terrible, it was only ***sour grapes*** because she had auditioned for the show but hadn't have been accepted. 當她說這場表演很差完全是出於酸葡萄心理，因為她曾參加試鏡而未被錄用。

spill the beans 說漏嘴

to reveal a secret

這句成語的起源可追溯至古希臘時代。當時希臘有許多祕密社團，這些社團嚴格規定參加成員的資格，新社員要加入必須經過大部分成員投票通過。投票時，成員可選擇把白色或黑色豆子 (beans) 放入罐子，黑豆表反對，白豆表贊成，而罐子裡豆子的數量在開票前則是最高機密。若不小心打翻罐子，豆子灑出來 (spill the beans)，就表示**祕密被洩漏**了。

例 Billy ***spilled the beans*** and told the teacher we cheated in the exam, so we all had to stay after school. Billy 跟老師洩漏我們作弊的事，所以放學後我們必須全體留校。

spitting image
極為相似的人

an exact likeness of sb.

這句用語亦可作 spit and image，如同中文所說「像是同一個模子刻出來的」，是指**兩個幾乎一模一樣的人**。有人在形容某人與自己相似的程度，簡直就像從自己嘴裡吐出來 (spit) 的化身，於是才有 spitting image 的說法。也有人認為這句話由 spirit and image 演變而來，同樣形容性格、外表酷似的兩人，而 spit 是當時的人簡化 spirit 而來。無論何種說法為真，後來的人就用這句話表示兩人非常相似。

例 Tom is the ***spitting image*** of his uncle.
Tom 和他叔叔簡直長得一模一樣。

steal a march on
(出其不意地)得到優勢

to gain an advantage over unexpectedly or secretly

這句用語來自軍隊，march 指的是「行軍一天所走的路程」。兩軍開戰時，一方會先以敵軍的步行速度，估算何時會正面交戰，再決定自己到達的時間；而早一天到達交鋒地點就能事先布署人力，然後出其不意地將敵軍擊倒。於是當某人**在無人察覺的情況下獲得優勢**，我們便用這句成語形容他。

例 Nancy ***stole a march on*** her coworkers with her new project. Nancy 以她的新企畫在同事間悄悄勝出。

steal sb.'s thunder 搶鋒頭

to grab attention from another especially by anticipating an idea or presentation

很多東西都有人偷，但「偷別人的雷聲 (steal sb.'s thunder)」恐怕就很難想像了！這個成語源於 1709 年，英國一位劇作家強・丹尼斯 (John Dennis) 寫了一部名為 *Appius and Virginia* 的劇本，並在倫敦某劇院演出。他在劇中發明了用振動錫片模擬打雷的音效，只可惜戲不怎麼叫座，上演沒多久就草草結束。很快地，同一家劇院由另一個劇團演出的《馬克白》(*Macbeth*) 接檔，可是當 Dennis 參加首映時，發現劇院竟未經他同意就使用這個雷聲音效的發明，於是他怒氣沖沖地對外控訴：「上天可作證，那是我的雷聲；這些壞蛋竟然用我的雷聲，而不繼續上演我的劇本。」從此「偷別人的雷聲」就引申為**搶某人的鋒頭**或**捷足先登**。

例 He ***stole my thunder*** when he announced that he was leaving the company before me.

他早我一步宣布要離開公司而搶了我的鋒頭。

stick-in-the-mud 古板的人

sb. who is unprogressive or old-fashioned

stick-in-the-mud 這個名詞常被西方人用來稱呼**古板、思想落伍的人**，它原先是由 stick in the mud 這個動詞片語而來。想想看，如果有人陷在骯髒的泥漿裡動彈不得，是不是會感到非常難受？而如果有人身處泥漿中，竟然還怡然自得，那可就讓人覺得不可思議了！於是西方人將 stick-in-the-mud 用來諷刺一些頑固保守的人，因為他們寧願守著舊思想或行為，也不願意跳脫出來。

例 His mother is such a ***stick-in-the-mud*** that she forces every child to get home by 9 o'clock every day. 他媽媽是個思想古板的人，強迫每個小孩每天九點以前回到家。

stick sb.'s neck out 挺身而出

to take the risk of saying or doing sth. that other people may disagree with

這裡的 stick out 是指「伸出」，而原本「伸出脖子」的應該是指即將被斬頭的雞！殺雞的時候，大多會把雞的脖子拉直放在砧板上，然後割斷牠的脖子讓牠流血而死。於是當某人**冒著可能被批評的風險去做某件事**，我們就會說他好像這些伸長脖子的雞一樣，隨時都有可能被宰殺。

例 He will never ***stick his neck out*** to try and help other people. 他絕對不會冒風險去試著幫助其他人。

stick to sb.'s guns 堅持立場

to maintain sb.'s statement, opinion, or course of action

這句俗語也可作 stand to sb.'s guns ，指士兵在戰場上雖受到敵軍的猛烈攻擊，仍不畏危險，堅守在自己的槍砲旁，繼續作戰。後來當**某人很堅持自己的決定或原則**，我們就會說他像士兵一樣 「堅守自己的槍砲」。 也有人將 guns 改成 colors（戰旗），stick to sb.'s colors 同樣表達立場堅定的意思。

例 Even when it was clear that Ross was losing the debate, he ***stuck to his guns*** and kept arguing. 就算 Ross 很明顯地

會輸掉這場辯論，但他仍然堅持立場繼續辯論。

still small voice 良知

sb.'s conscience

這句用語引自舊約聖經《列王記上》(*I Kings*)，內容敘述以色列王亞哈 (Ahab) 信奉巴力神 (Baal)，做盡壞事，於是先知以利亞 (Elijah) 奉耶和華的命令，殺死傳達巴力神神旨的先知。沒想到亞哈的妻子耶洗別 (Jezebel) 知道之後，派遣使者威脅以利亞，揚言要殺了他以償巴力先知的命。驚恐的以利亞趕緊逃命到上帝的何烈山 (Horeb the mount of God)，並向神傾訴他的遭遇。就在此時他聽到了一個平靜微小的聲音 (a still small voice)，要他回去為真理繼續奮鬥，這正是來自上帝的聲音。後來西方人引用這段故事，將 still small voice 用來表達**良心、良知的呼喚**。

例 I'd love to go to the movies with you but a ***still small voice*** tells me I really have to stay home and finish my report.
我很想跟你們一起去看電影，但我的良知告訴我必須待在家裡把報告完成。

stool pigeon 線民

sb. acting as a decoy or informer, especially a police spy

stool 在這裡是指「固定的位置」。以往獵人為了用網子捕捉老鷹，會事先把鴿子綁在棲木上當作誘餌，stool pigeon 原本是指這種用來誘捕老鷹的鴿子，後來西方人才將它引申用來稱呼**線民**、**密探**或**告密者**。

例 Don't trust him; I am sure he is a ***stool pigeon*** for the supervisor. 別相信他；我確定他是主管派來的密探。

straight from the shoulder
直截了當
frankly and directly

想想看，如果拳擊選手把拳頭舉到自己的肩膀位置，然後再重重地往前直擊，被打到的人可能會眼冒金星、不支倒地吧！這句用語正是源於拳擊比賽，而 straight from the shoulder 原本是指某人「使盡全力」，後來西方人更進一步將它引申為**某人說話**或**做事很坦率、直截了當**。

例 I told him, ***straight from the shoulder***, that I thought he had done something wrong.
我直截了當地告訴他我覺得他做錯了。

straw in the wind 預兆
a small sign of what may happen

以往的氣象偵測儀器並沒有現在這麼進步，因此要了解大自然的變化，就不得不觀察身旁一些事物。比方我們由「風中的稻草」可以大略推知風吹的方向，正因如此，西方人將 straw in the wind 引申為**小預兆**或**模糊的跡象**。另外美國人在選舉前，常會舉行一些假投票來測驗民意，所以這些投票也被稱為 straw vote 或 straw poll。

例 There is a ***straw in the wind*** indicating that he will get the job. 有跡象顯示他會得到那份工作。

(the) straw that broke the camel's back 導火線

one last thing that finally made sb. get angry or give up

這句成語在十九世紀中開始使用。駱駝因為能承載重物，常被人們用來運送物品，而成為一種很重要的動物。不過即使如此，每一隻駱駝仍有牠的載重極限，一旦超過牠的忍受範圍，就算是輕如稻草，駱駝仍會因為無法負荷而被壓垮。於是當人們要表示**讓某人失去耐心**或**放棄的導火線**，就會說它是「最後折斷駱駝背的那根稻草」或「最後的那根稻草(the last straw)」。

例 The last of these rows seems to have been ***the straw that broke the camel's back***.

最後的幾次口角似乎是引發破裂的導火線。

swan song　最後作品

a final accomplishment or performance; sb.'s last work

你是否聽過天鵝唱歌呢？在西方許多文學作品中，提及天鵝一生都不會發出聲音，只有在臨死前，才會唱出如天籟般的悅耳歌聲，而這種生命的輓歌也代表牠們面對死亡的歡愉之心。另外，根據希臘神話記載，希臘人認為天鵝死後，靈魂會來到音樂之神阿波羅 (Apollo) 的身邊，所以天鵝在死前會以歡唱的方式迎接死亡，表示牠們渴望與阿波羅相聚。當然這些都是缺乏事實根據的無稽之談，不過後人仍然用「天鵝的歌聲」表示詩人、作曲家、演員等的**最後作品或表演**。

例 I will quit my job in a few days; this project was my ***swan song***.

幾天後我要辭職了。這企畫案是我最後的作品。

★take (sb.) down a peg

★take the bit between sb.'s teeth

★take the bull by the horns

★take the cake/biscuit/bun

★(be) taken aback

★talk through sb.'s hat

★talk turkey

★teach sb.'s grandmother to suck eggs

★tell it to the marines

★there is more than one way to skin a cat

★third degree

★thorn in the flesh

★three sheets in/to the wind

★throw in the towel/sponge

★throw sb.'s hat into the ring

★throw (sb.) to the wolves

★thumbs-up

★tie the knot

★tied to sb.'s (mother's/wife's) apron strings

★tip of the iceberg

★toe the line

★(have/with) tongue in cheek

★turn a blind eye

★turn over a new leaf

★turn the other cheek

★turn the tables

★turn turtle

take (sb.) down a peg

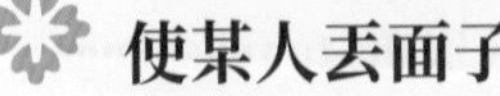

使某人丟面子

make sb. less proud or sure of himself/herself

這句話源於英國海軍，peg 指的是「釘子」、「栓子」，用來固定船上的旗幟。由於懸掛在船上的旗幟代表著無上的榮譽，因此旗子掛得越高，獲得的榮譽就越高，若「將釘子往下移」，旗子也會跟著下移，也就沒這麼風光了！於是當我們表示**使某人失去面子**或**滅某人威風**時，就會使用這句成語。

例 He was so proud of his abilities at the office, but last week he was ***taken down a peg*** by the big mistake.

他對自己在公司的表現很自負，但上週他所犯的大錯讓他顏面盡失。

take the bit between sb.'s teeth

為所欲為

to do what sb. has decided to do in a forceful and energetic way

這句用語也可作 take the bit in sb.'s mouth，這裡的 bit 不是作「一點點」解釋，而是指「馬勒」。馬勒是套在馬嘴裡，並連接騎師手中韁繩的用具，要想駕馭馬匹，必須掌握馬勒進而控制馬的行進。因此西方人用「掌握某人齒間的馬勒」比喻**某人做事為所欲為**或**充分掌控某事**。

例 When my brother wanted something, he was likely to ***take the bit between his teeth*** and my parents could do nothing with him. 當我弟弟想要某樣東西時，他似乎都能隨心所欲，而我父母也奈何不了他。

take the bull by the horns

不畏艱難

to confront a difficulty directly and resolutely

如果你看過西班牙的鬥牛表演，一定對那些凶悍的蠻牛及英勇的鬥牛士們印象深刻吧！鬥牛士要冒著生命危險，等待時機將劍刺進蠻牛身體，讓牠不支倒地，如此才算完成一場精彩演出。但如果是赤手空拳地對付蠻牛，那麼能否勇敢地迎牛而上，一把抓住牛角並控制牠的行動，就成為保住性命的關鍵了。因此，西方人以「捉牛靠牛角」比喻**面對困難**或**危險的情況，能夠不畏艱難，並當機立斷**。

例 A president must be able to ***take the bull by the horns*** when he meets a crisis.
一個總統在遇到危機時，必須能夠當機立斷。

take the cake/biscuit/bun
拔得頭籌

rank first, used often in a negative context

這句用語源自從前美國黑奴一種稱為 cakewalk 的趣味競賽。這種比賽是由所有的參賽者圍成一圈跳舞，誰的步態最輕盈、優雅，就能獲得一塊蛋糕作為優勝獎品。後來「拿到糕餅」這句話即被用來表示**勝過別人、拔得頭籌**。要注意的是，這句用語不僅用在稱讚別人，也常出現在諷刺的口吻中，暗諷**某人愚蠢、荒謬的行為無人能及**。

例 I am so well prepared for the competition that I have confidence to ***take the cake***.

我已充分準備好要比賽，所以我有信心拔得頭籌。

(be) taken aback　震驚

surprised or shocked

這句俗語源於航行中的船，aback 意指「向後」，所以水手們本來用 be taken aback（被往後吹）表示「船隻處於逆風的位置」。由於船是順風而行，若遇到反方向的風，整艘船很可能會動彈不得。而當一個人**感到震驚、驚訝**時，也常會出現整個人呆在一旁，說不出話來的情況，所以西方人就用這句成語比喻一個人被嚇得呆若木雞的樣子。要注意的是，這句成語通常只用於被動語態。

例 I ***was taken aback*** by his death since he was only 35 years old.　我對他的死訊感到震驚，因為他死時只有 35 歲。

talk through sb.'s hat 胡說八道

to say sth. without knowing or understanding the facts; to talk nonsense

當我們說某人「透過帽子說話」，表示這個人在**瞎扯、胡說八道**。至於這句成語為什麼會扯上帽子，到目前為止並無人確知它的真正來源。有人說這句用語和十九世紀《紐約世界報》(*The New York World*) 的一幅政治漫畫有關。當時共和黨候選人哈里森 (Benjamin Harrison) 平常總愛戴著一頂高帽子，於是漫畫家故意把他的帽子畫得很大，幾乎遮住他的臉，以此諷刺他所說的話毫無意義，因為根本沒人能看清楚他到底是誰；另有人認為，因為有些男人在教堂做禮拜時喜歡用帽子遮住臉，假裝在誠心禱告，這句成語才有「說假話」的含意；也有人說這句成語由 talk off the top of sb.'s head 演變而來，「從頭頂的上方說話」意指沒經過大腦思考就胡謅，同樣地，透過頭頂上方的帽子來說話，也可以表示某人沒有經過深思熟慮就亂說話囉！

例 He is ***talking through his hat*** when he says that there is basically no difference between American and Chinese cultures. 當他說美國和中國文化基本上並沒有差別時，他只是在胡說八道罷了。

talk turkey 有話直說

to speak plainly; to get to the point

聽到有人「說火雞」，你可別以為是不是感恩節快到了！這句俗語的意思就如中文所說「打開天窗說亮話」或「談正經事」。據說在美國殖民時期，有個印第安人和白人約好一起去打獵，並事先說好要平分打到的獵物。一整天下來他們獵到一些火雞和烏鴉，這時白人心裡想要火雞卻又不敢直說，於是假裝很公正地開始分配：「我拿火雞，那烏鴉就給你；你拿烏鴉，那我就拿火雞吧！」當然，印第安人一聽就識破這白人朋友打的如意算盤，所以他也很機警地說：「喂！該對我說火雞了吧！(Talk turkey to me.)」後來當我們要別人**說話別兜圈子，要坦率、認真地談話**時，就會要他 talk turkey。

例 If you are willing to ***talk turkey***, the dispute between us can be easily settled. 如果你願意坦白地說話，那麼我們之間的爭執就可以很容易地解決。

teach sb.'s grandmother to suck eggs 班門弄斧

to offer advice, instruction, etc. to sb. older or much more experienced

雞蛋因為富含蛋白質，而且味道可口，可以說是相當普遍的食材。很多西方人甚至不用烹煮，就直接在雞蛋上打洞，然後吸取它的蛋汁，認為這樣的味道更鮮美。想當然，老一輩的人一定懂得這種生食雞蛋的方式，因此如果一個後生晚輩剛學會怎麼「吸蛋」，就以為自己很了不起，而想要教老一輩的人，豈不是在**魯班門前弄大斧，關公面前耍大刀**了！後來這句成語常用於否定句，西方人以「別教某人的祖母吸蛋」表示要人別提出完全沒有必要的建議或勸告，因為那根本是班門弄斧，愚不可及。另一個含意相同的用語是 teach a fish how to swim，如果有人想教魚游泳，那不是很多餘嗎？

例 Don't ***teach your grandmother to suck eggs***. I know how

to cook better than you do.
別在關公面前耍大刀。我比你更懂得怎麼煮菜。

tell it to the marines 胡說八道

that's nonsense

marine 是指 「海軍陸戰隊隊員」，這句俗語如同中文所說「我才不信你那一套」，是用來表示**不相信某人所說的話**。以往船員相當瞧不起海軍陸戰隊隊員，船員花了大半生在海上工作，比起那些只接受短期訓練，就開始執行海上攻擊任務的海軍陸戰隊隊員，他們對海上的各項事物當然比較熟悉。在這些船員眼中，海軍陸戰隊隊員相當天真、幼稚，就像是一群容易受騙的呆子。所以當人們懷疑某人說的話，就會說「Tell it to the marines!」，表示不相信對方的鬼話。

例 You will get married next week? ***Tell it to the marines***!
你下週要結婚？我才不相信咧！

there is more than one way to skin a cat 殊途同歸

there is more than one way of achieving a goal

就字面來看，很多人會將這句話解釋成「要幫貓剝皮的方法不只一種」，而覺得它聽起來有點殘忍！不過這裡的 cat 其實指的不是「貓」，而是「鯰魚」(catfish)。由於這種魚的皮與牠的肉緊緊相黏，很多人對於如何將魚皮剝乾淨感到頭疼，於是開始研究這種魚的剝皮方法，最後解決了這個難題！後來當西方人想表示**達到某個目的的辦法多的是，不愁沒辦法**，就會使用這句成語。

例 For math problems, ***there's more than one way to skin a cat***. 就數學問題而言，解答的方法多的是。

third degree 逼問

a close interrogation

這個成語源於共濟會 (Freemasonry) 的儀式。共濟會是以互助和友愛為宗旨的祕密結社，將會員分成三個等級 (degree)：從最初的學徒 (Entered Apprentice)，到師兄弟 (Fellowcraft)，第三級也就是最高級則是師傅 (master mason)。要到第三級，會員必須經歷一連串冗長且困難的答問過程，在智力上和體力上都是很嚴格的考驗。二十世紀之後，一般大眾也開始引用共濟會的這個傳統，以 third degree 表示**逼供**或**疲勞問訊**的意思。

例 I got the ***third degree*** from my dad when I got in last night. 我昨晚一回到家就受到爸爸的逼問。

註 mason 有石匠之意。有人說共濟會起源於參加建造巴別塔（古巴比倫）的石匠工會；也有人說，共濟會起源於建造耶路撒冷神殿的石匠們。由於當時教堂建築業不景氣，因此一些石匠開始接收名譽會員以維持其行業，而近代的共濟會便是如此演變而來。共濟會常被誤認為基督教的組織，其綱領強調道德、慈善和遵守法律，會員必須是相信上帝存在與靈魂不滅的成年男子。

thorn in the flesh 眼中釘，肉中刺

a source of continual trouble

這句用語亦可作 thorn in sb.'s side，thorn 是「刺」，flesh

則是「肉體」，所以 thorn in the flesh 也就是我們所說「**肉中刺**」、「**眼中釘**」。這兩句意義相同的成語皆引自聖經記載：根據《歌林多後書》(*2 Corinthians*)，耶穌 (Jesus) 的門徒保羅 (Paul) 曾提到，撒旦的使者把一根刺 (thorn) 加在保羅身上折磨他，雖然保羅多次要求耶穌除去這根刺，但耶穌卻要他忍受這痛苦，這樣一來保羅才能知道人的軟弱，而不致於太自負；而在《士師記》(*Judges*) 中，上帝的使者也提到敵人就像是人們「兩肋的荊棘」(thorns in your sides)。後來這兩句成語逐漸成為相當普遍的用語，用來表示**棘手的事**或**不斷讓某人煩惱的根源**。

例 The robber soon became the biggest ***thorn in the flesh*** of the police. 這個搶匪很快地成為警方的眼中釘。

three sheets in/to the wind

酩酊大醉

drunk

這裡的 sheet 是指用來將帆繫在船上的「帆索」。如果其中一個帆索沒有緊緊扣好，船帆可能會任意隨風飄揚，而船當然也會因此搖晃、顛簸，那種失控的情況看起來就好像人喝醉的樣子。如果三個帆索都鬆了的話，搖晃的情況一定更嚴重，所以 three sheets in/to the wind 後來就被人們引申為**某人酩酊大醉、爛醉如泥的樣子**。

例 He's ***three sheets to the wind*** after only two cans of beer. 他才喝了兩罐啤酒就爛醉如泥了。

throw in the towel/sponge　投降

to give up or surrender

這句用語源於拳擊賽場，所謂「丟毛巾」或「丟海綿」，是指**放棄、投降**。按照現在西洋拳擊的規定，當裁判斷定某一方選手傷重而無法繼續比賽或選手要求退出時，比賽隨即結束。另外一種結束比賽的方式，則是在某一方拳擊手已經受夠身體上的折磨，且他的助手判斷他沒有任何贏得比賽的機會時，就會將他休息時擦汗用的毛巾或海綿丟進場中，代表這一方已經認輸，請裁判終止比賽。後來這項傳統被引用在日常口語中，表示**某人服輸**。

例　She would easily ***throw in the towel*** when she finds her plan full of difficulty.

當她發現她的計畫困難重重時，她很容易就放棄了。

throw sb.'s hat into the ring

宣布參賽

to announce sb.'s candidacy or enter a contest

這句用語亦可作 toss sb.'s hat into the ring，其中 ring 不是「戒指」，而是「拳擊場」的意思。以往有許多拳擊手常周遊各地與各路好手一較高下，因此有地方人士決定出場比賽時，就會將帽子丟往場中央，表示自己願意挑戰，後來西方人就用這個丟帽子的動作比喻**某人宣布參加比賽，尤其是指參加各類的競選活動**。

例　Bill decided to ***throw his hat into the ring*** for class president.　Bill 決定宣布參加班長的競選。

throw (sb.) to the wolves

犧牲某人解救自己

to sacrifice sb., especially in order to save oneself

如果把某人丟給飢餓的狼群，下場恐怕是被生吞活剝吧！因此這裡說的「扔給狼群」意思就是某人被當作犧牲品。這句用語的出現，據說和俄羅斯的民間故事有關。相傳有一對父母帶著幾個孩子坐著雪橇在雪地裡行走，突然一群狼在後面緊追不捨，狠心的父親為了能安全抵達目的地，竟把他的孩子接連扔給狼吃；而另一說法則認為它出自《伊索寓言》(*Aesop's Fables*)，故事裡有位護士威脅孩子們要乖一點，如果不聽話就要把他們丟給狼群吃。後來人們引用這些故事，用 throw (sb.) to the wolves 比喻**犧牲某人來解救自己**，或將 wolves 改成同樣是肉食性的 dogs 或 lions。

例 If Sue doesn't perform as the manager has expected, he'll ***throw her to the wolves***. 如果 Sue 表現得不如經理預期的好，他就會把她給犧牲掉。

thumbs-up 贊成

approval for or encouragement to sth.

看過《神鬼戰士》(*Gladiator*) 這部電影的人，一定對劇裡競技場中殘忍的打鬥畫面印象深刻吧！這句成語就是由古羅馬競技場的習俗而來。通常在決鬥結束後，觀眾們有權決定輸者的生死，如果觀眾覺得他表現稱職要他活下來，就會舉起拇指；相反地若要他死，則會把拇指往下比。他們認為拇指象徵勝者的刀刃，若往上代表饒過對手，往下則表示要一劍穿心、取人性命。因為這個習俗，後來的人就把 thumbs up 這個動作引申為**贊成**，thumbs down 表示反對。

例 We all gave Tom's cake the ***thumbs-up***.
我們都很喜歡湯姆做的蛋糕。

tie the knot 結婚

to get married

這句成語是由傳統的結婚儀式而來。當一對新人在教堂互許終身時，兩人會各持一條繩子的兩端並打結，表示兩人「永結同心」。所以當我們說某人已經「綁了結」時，就表示他已經**結婚**了。

例 She's planning to ***tie the knot*** with her boyfriend next year.
她計畫在明年與她的男友結婚。

tied to sb.'s (mother's/wife's) apron strings 過度依賴媽媽／妻子

not able to do anything without asking sb.'s mother/wife

apron 是「圍裙」，而 apron string 則是綁圍裙的帶子。十七世紀英國政府頒布了「圍裙帶保有法」(apron-string tenure)，規定當妻子還在世且夫妻關係存在時，丈夫對妻子從娘家帶過來的資產就擁有支配權。由於在法令的限制下，丈夫完全要靠妻子才能占有財產，所以當有人太過依賴女性，特別是那種容易被自己的媽媽或太太控制的男人，我們就會說他 tied to his mother's/wife's apron strings。另外如果有人**太依賴自己的媽媽或妻子，事事都要受她們的牽制而無法自己做決定**，我們也會譏笑他「被媽媽/妻子的圍裙帶綁住了」。

例 Joe's mother has always made every decision for him. It seems that Joe is still ***tied to his mother's apron strings***. Joe 的媽媽總幫他做每個決定。他似乎還很依賴他媽媽。

tip of the iceberg
(重大問題的)冰山一角

a small part of a larger problem or a worse situation

這個成語是二十世紀著名的隱喻。冰山是由冰川脫離後漂流在大海中的冰，有 90% 的體積都沉在海水表面下。因此看著浮在水面上的形狀，並無法猜測出水下的樣子。這也是為什麼人們用 tip of the iceberg 來形容**嚴重的問題只顯露出表面的一小部分**。

例 The crime reported in the news is only the ***tip of the iceberg***. 新聞上所報導的犯罪只是冰山一角。

toe the line 循規蹈矩

to meet a standard, obey the rules and do sb.'s duties

這個短語也有人說成 toe the mark，最早出現於十八世紀初期，而 line 則有兩種不同解釋：第一種說法認為 line 是「起跑線」，因為在進行賽跑項目時，選手們會被要求腳尖頂著起跑線，等到裁判發信號才能開跑，於是「用腳尖觸線」便被引申為**守規矩**；另一種說法則認為 line 是指訓練士兵時，在地上劃的一道道對齊線，如此一來，士兵們才能照著這些線排列整齊，要人「腳尖頂著線」也就轉變成**循規蹈矩**的意思。

例 You have to ***toe the line*** if you still want to stay in the classroom. 若你還想繼續留在教室，你必須守規矩。

(have/with) tongue in cheek 嘲弄

(to speak) ironically or as a joke

當某人**說話言不由衷**，或**說反話諷刺別人**，西方人常會形容這個人 have/with tongue in cheek。通常人們說一些開別人玩笑的假話之後，為了怕自己忍不住笑出來，會習慣性地用舌頭 (tongue) 鼓起一邊的臉頰 (cheek)，以控制自己的情緒，因此這句用語就常出現在口語中，用來表示某人說話虛情假意，不可當真。

例 Tom was speaking ***with tongue in cheek*** when he said Sally should run for president.

當 Tom 說 Sally 應該要競選總統時，他只是在諷刺她。

turn a blind eye 視而不見

to pretend not to notice

這句成語的來源可是和英國鼎鼎有名的獨眼將軍納爾遜 (Lord Horatio Nelson) 有關。在 1801 年的哥本哈根戰爭中，納爾遜曾接到上級的命令，要他停止攻擊敵軍艦隊並暫時撤退。可是納爾遜因為覺得勝券在握，不願意就這樣放棄，於是他故意用自己瞎了的右眼貼近望遠鏡，來看遠方上級旗艦所發的信號，表示自己什麼都沒看到而繼續進攻。因為納爾遜的堅持，英國才在這場戰役中獲得勝利。後來人們就沿用納爾遜的行為，以「轉向瞎了的那隻眼」比喻某人**視而不見**。

另一相似的用語 turn a deaf ear 則是「充耳不聞」的意思。

例 Many people seem to ***turn a blind eye*** to their bad habits.
很多人似乎對自己的壞習慣視而不見。

turn over a new leaf 改過自新

to take action to change sb.'s life for the better

這句成語源於十六世紀，a leaf （一葉） 在這裡等於 a page (一頁)。原本這句話是表示把書翻到另一頁，繼續新的章節，不過後人把它引申為某人已經**改過自新**，讓生命進入新的篇章。此外，另一個用語 take a leaf out of sb.'s book 中的 leaf 也是 page，就字面上是「由某人的書中取出一頁」，原本暗指抄襲某人的著作，但後人漸漸地將它引申為「學某人的樣子」，而不再使用它的原意。

例 My brother has been very lazy but he is going to ***turn over a new leaf*** and work hard.
我弟弟一直很懶散，但他將改過自新，努力工作。

turn the other cheek 忍氣吞聲

to respond to injury or insult with patience

「轉向另一個臉頰」這句俗語類似中文所說「罵不還口、打不還手」，指**某人受到身體傷害或言語侮辱後，仍然容忍一切**。它的來源出自新約聖經《馬太福音》(*Matthew*)，耶穌 (Jesus) 告誡祂的信徒們不要和惡人作對，甚至當有人打他們的右臉頰時，連左臉也要轉過來讓他打。於是後人便用 turn the other cheek 比喻不還擊別人對自己的攻擊。

例 It's not easy to ***turn the other cheek*** when you are hit by someone. 當你挨打時，很難不還手。

turn the tables 反敗為勝

to reverse a situation and gain the upper hand

當某人 turn the tables 時，你可別誤會他是不是在翻桌子抗議！這句用語是表示某人**扭轉局勢、反敗為勝**的意思。以前的人玩西洋棋時有個習俗，如果居於劣勢的人將自己的那一面桌子換到對手面前，意即把噩運轉給對手，那麼整個勝負情勢就會完全改變。後來當有人將形勢扭轉時，我們會說他「將桌子轉過來」了！

例 When I learned how to return his serve, I ***turned the tables*** on him and won the set. 當我知道怎麼樣去接他的球時，我扭轉了局勢並贏得這場網球賽。

turn turtle 翻覆

to overturn or turn upside-down

這句話本來是一句航海術語，用來形容傾覆的船。烏龜雖然有堅硬的龜殼護身，可是一旦將牠的腹部翻過來，牠就得花很大的力氣才能將自己翻轉回去。於是水手們便將「翻船」戲稱為「翻烏龜」。後來這句話更泛指各種物體，表示整個**翻覆**或**底部朝天**。

例 My car skidded on the ice and ***turned turtle*** last week. 上週我的車在冰上打滑並翻覆。

★Uncle Sam

★Uncle Tom

★under a cloud

★under sb.'s belt

★under the aegis of

★under the rose

★under the weather

★up sb.'s sleeve

★upset sb.'s/the applecart

Uncle Sam 美國(人)

a personification of the United States, its government, or its people

Uncle Sam「山姆大叔」其實是**美國（政府）**或**美國人的代稱**，它的來源和一位美國肉品檢驗員有關。在1812年英美戰爭期間，美國紐約有一位肉品商人，名叫 Samuel Wilson，大家暱稱他為 Uncle Sam。他受雇於政府，負責供應和檢驗軍隊所需的大量肉品，凡是經他檢驗合格的肉品，都會在包裝外打上美國 (the United States) 縮寫。湊巧的是，Uncle Sam 的縮寫也是 US，因此有人將這些帶有 US 標記的物品一語雙關地戲稱都是「山姆大叔」的。直到1961年美國國會通過決議，正式承認「山姆大叔」為美國的象徵。所以你會在漫畫裡發現，西方人常將「山姆大叔」畫成一個頭戴星星高帽、蓄著山羊鬍、瘦瘦高高的白髮老人，而這也就是大家熟知美國的代表。

例 The Lins have lived in the United States for a long time and they pay taxes every year to ***Uncle Sam***.

林氏一家人長年住在美國，且每年繳稅給美國政府。

Uncle Tom 對白人卑躬屈膝的黑人

an African-American who behaves in a subservient manner toward whites

說到這句用語就不得不提到美國十九世紀最暢銷的小說《湯姆叔叔的小屋》(*Uncle Tom's Cabin*)。這個作品由美國著名小說家史道威夫人 (Harriet Beecher Stowe) 於 1852 年出版，還曾拍成電影《黑奴籲天錄》。小說中描寫一位對主人百依百順、忠誠無二的黑奴 Tom，在白人的奴役下，過著牛馬不如的悲慘生活。這本書激發了美國讀者對黑奴制度的極端厭惡，更有人認為這部小說是導致美國南北戰爭的主因。因為主角 Tom 的作為被有骨氣的黑人所不齒，所以後人就用 Uncle Tom 諷刺一些**對白人太過謙卑的黑人**。

例 Many people living in his neighborhood criticize him for being ***Uncle Tom***. 很多住在他家鄰近地區的人都批評他是對白人太過謙卑的黑人。

under a cloud 受懷疑；失寵

under suspicion; in disgrace

這句用語中的 cloud 是指「烏雲」。想像一下，當天空出現烏雲時，不僅天色變成灰濛濛的一片，還隨時可能下起雨把人淋成落湯雞，因此烏雲老是給人一種負面、不舒服的印象。於是西方人就用「身處烏雲底下」比喻**受到懷疑**，甚至有人將這種烏雲蓋頂的景象引申為某人**失寵**的意思。

例 The principal has been ***under a cloud*** over the possibility of taking bribes. 這個校長被人質疑收賄。

under sb.'s belt 某人經歷過(某事)
in sb.'s possession or experience

belt 是「腰帶」，照理說「腰帶下面」的東西應該和「肚子」脫不了關係囉！的確，當我們獲得某些經驗或達成某個目標時，這些經驗就好像食物一樣，通通被吞進肚子裡消化掉了，於是西方人就用 under sb.'s belt 表達**某人經歷某事**或**達成某目標**。

例 My father is a man with a lot of experience ***under his belt***.
我父親是個閱歷很深的人。

under the aegis of 得到支持、保護
under the sponsorship or protection of

這句成語源自希臘神話，aegis 來自希臘文 aigis，意指「山羊皮」。根據記載，希臘天神宙斯 (Zeus) 由一隻叫做阿瑪爾特亞 (Amalthea) 的山羊用羊奶哺育養大，長大後擁有了一個由山羊皮做的神盾 (aegis)，具有驅散敵人和保護朋友的能力，於是 aegis 就成了「有保護作用」的象徵，而 under the aegis of 就比喻為**受到…保護、支持或贊助**。另一個具有相同含意的用語是 under the auspices of，auspice 原指一種以鳥類行動作為根據的占卜術，後來西方人將 auspice 引申為「前兆或好兆頭」，而 under the auspices of 則成了**在…的贊助或支持之下**。

例 The victim gave evidence against the police officer ***under the aegis of*** the law.
這個受害人在法律保護下，提出對那名警官的不利指控。

under the rose 祕密地

secretly

這句用語源於羅馬神話。傳說孝順的愛神邱比特 (Cupid) 為了幫忙掩飾母親維納斯 (Venus) 的戀情，曾拿玫瑰花賄賂緘默之神哈波奎特斯 (Harpocrates)，請他守住祕密，因此玫瑰在古羅馬社會被當作「機密」的象徵。羅馬人之間有祕密分享時，會用玫瑰示意，稱為 sub rosa（也就是 under the rose），甚至羅馬教會的懺悔室也以玫瑰作為裝飾圖案，表示會替告解人守住祕密。後來傳到了英文中，「在玫瑰花下」就被用來形容**「祕密地」**。

例 I told him an exciting piece of news ***under the rose***.

我偷偷告訴他一個令人振奮的消息。

under the weather 身體不適

ill

這句成語可追溯至十九世紀中期船員之間的用語。當天氣狀況不佳，船員因為船身激烈搖晃而頭暈或身體不適時，就會被送往下層甲板；而不好的天氣也常使人心情煩躁，進而影響健康，漸漸地人們就將 under the weather 引申為**身體不舒服**。

例 I am feeling a little ***under the weather***——I think I may have caught a cold.

我覺得有點不舒服，我想我可能感冒了。

up sb.'s sleeve　暗中準備

held secretly in reserve

魔術師在表演魔術時，經常會將許多道具偷偷藏在自己的袖子裡，藉由一些純熟的手勢、動作，將令人嘆為觀止的魔術表演呈現在觀眾面前。有時候他們為了效果，還會故意對觀眾說：「你們看！我的袖子裡沒有東西喔！」於是我們就用 up sb.'s sleeve 比喻**暗中準備、暗自籌備**。

例 I don't know what he has ***up his sleeve*** but I know it will be impressive.　我不清楚他暗中在玩什麼把戲，但我知道那將會令人印象深刻。

upset sb.'s/the applecart 破壞計畫

to spoil a careful plan or arrangement

所謂 applecart 是指「賣蘋果的小販所用的手推車」，而 upset 在這裡是「打翻」的意思。以往美國鄉間，有許多人以販賣自家種的蔬果為生，在擁擠的市場裡，有時候會發生這些小攤子不小心被人撞倒或打翻的意外，當然也就砸了這些小販的飯碗。因此，當**某人精心設計的計畫或美夢，被別人無意中破壞**，我們就用「弄翻蘋果販賣車」比喻。

例 We are planning a surprise party for Tom, so don't let Mary ***upset the applecart*** by telling him beforehand.
我們打算幫 Tom 辦個驚喜派對，所以不要讓 Mary 提前告訴他，而破壞了我們的精心計畫。

單元測驗 STU

I. Translations

Write down the Chinese meaning of each underlined idiom or phrase.

__________ 1. Peter is the spitting image of his father at the same age.

__________ 2. Nick said that he didn't want the prize, which, in fact, sounded like sour grapes.

__________ 3. I can't wait any longer. I shall take the bull by the horns and ask the manager to look into the matter.

__________ 4. I'm feeling a bit under the weather. I think I need to see a doctor.

__________ 5. The concert was the band's swan song. They would never perform together again.

II. Multiple Choice

Circle the best answer to complete each sentence.

1. Frank thinks he is going to be the winner, but I'll (be up to par/upset his applecart) whenever I get the chance.
2. Every family is said to have at least one (skeleton in the cupboard/snake in the grass).
3. I've eaten so many delicious cakes, but this one really (takes the cake/toes the line).
4. Dr Lee's worried face was a (salad day/straw in the wind).

5. My friend (saved my bacon/saved by the bell) when I had a flat tire on the rod.

III. Fill in the Blanks

Choose from the phrases listed below and fill in each blank with a proper answer.

(A) **threw his hat in the ring**	(D) **stuck to his guns**
(B) **toe the line**	(E) **throwing in the towel**
(C) **under a cloud**	(F) **talking through his hat**

1. I tried to persuade him to change his mind, but he still ______.
2. John said that the earth is nearer to the sun in summer, but the teacher said he was ______.
3. If you want a promotion, you need to ______ and obey the rules.
4. He was ______ when his boss found he had been making mistakes.
5. I can't finish the report in time; I'm ______.
6. The governor ______ for re-election.

Answers

I. 1. 一模一樣　2. 酸葡萄心理　3. 當機立斷　4. 身體不適
5. 遺作

II. 1. upset his applecart　2. skeleton in the cupboard
3. takes the cake　4. straw in the wind　5. saved my bacon

III. 1. D　2. F　3. B　4. C　5. E　6. A

★(cherish/nourish a) viper in sb.'s bosom

(cherish/nourish a) viper in sb.'s bosom 養虎為患

to benefit a person who in return injures one

這裡的 viper 亦可作 snake，指的是「毒蛇」，bosom 則是人的「胸口」。想像一下，若有人胸中摟著毒蛇，是多麼令人膽顫心驚！這句用語來自《伊索寓言》(*Aesop's Fables*)，故事描述一個農夫在寒冷的冬天發現一隻奄奄一息的蛇，由於不忍心這隻蛇就這樣被凍死，農夫將牠放在懷中為牠取暖，沒想到這隻蛇醒過來之後，竟用毒牙將好心救牠的農夫給咬死了。因為這個故事，後人就用 viper in sb.'s bosom 比喻忘恩負義的人，更用 cherish/nourish a viper in sb.'s bosom 形容某人**養虎為患**。

例 I helped him a lot, but he told everyone that I was a mean person — nothing like ***nourishing a viper in my bosom***.
我幫了他很多忙，而他竟然跟每個人說我很卑鄙。我真是養虎為患。

★wages of sin

★wait for the other shoe to drop

★walk the plank

★warm the cockles of sb.'s heart

★warts and all

★wash sb.'s dirty linen in public

★wash sb.'s hands of

★wear sb.'s heart on sb.'s sleeve

★wear the pants (in sb.'s family)

★wearing/in sackcloth and ashes

★weasel words

★wet behind the ears

★wet blanket

★wet sb.'s whistle

★wheels within wheels

★when pigs fly

★whipping boy

★white elephant

★white lie

★whole ball of wax

★whole new ball game

★(the) whole nine yards

★wild-goose chase

★win sb.'s spurs

★wing it

★wipe the slate clean

★with a grain/pinch of salt

★wolf in sheep's clothing

★worth sb.'s salt

★writing/handwriting on the wall

wages of sin 報應

the results or consequences of evildoing

wage 在這裡作「報應、懲罰」，而 sin 則是「過錯、罪孽」。這句成語引自新約聖經《羅馬書》(*Romans*)，耶穌 (Jesus) 的門徒保羅 (Paul) 對羅馬人說的一段話：「…罪的工價乃是死…(...the wages of sin is death...)，惟有神的恩賜，在我們的主基督耶穌裡，乃是永生。」雖然在聖經記載中犯錯的代價是死亡，但後人所指 wages of sin 卻沒那麼「嚴重」，僅表示某人**為自己的錯誤行為所付出的代價**。

例 She spent much time watching TV and ended up with a failing grade on the term paper——the ***wages of sin***, no doubt. 她因為花很多時間看電視，結果期末報告不及格。這無疑是罪有應得。

wait for the other shoe to drop

等待最終結果

to wait for the next, seemingly unavoidable thing to happen

這個成語源自於 90 年代的一個老笑話。一個男人回到他住宿的旅館，準備脫鞋就寢時，不小心讓一隻鞋大聲的掉落在地上，而吵醒了住在樓下的房客。接著他為了不製造噪音，所以很安靜地脫下另一隻鞋。一段時間過後，這個男人聽到他樓下的房客對他大聲說著 ：「我正等著你將另一隻鞋子脫掉，這樣我才能安心回去睡覺！」因此，後來人們就用 wait for the other shoe to drop 表示**等待無法避免的後續結果**。

例 Our company plans to fire 50 employees. They have already announced the first 20, and now the rest of us are ***waiting for the other shoe to drop***.

我們公司計畫要解雇 50 名員工。他們已經宣布前 20 名了，現在其餘的人都在等候最終的結果。

walk the plank　被迫離職

to be forced to resign

這句成語的字面解釋是「走過木板」，但你可別誤會這是跳水選手們的特技表演，它其實是被解雇的意思。這句話的來源和十七世紀海盜處死俘虜的方法有關：當時這些俘虜被蒙上眼睛、綁住雙手，然後被逼著沿船舷外的跳板往前走，直到他們落海而死。因為這些俘虜的情況跟被解雇者的處境一樣都是走投無路，於是西方人就把這句話引申為**某人被迫離職**。

例 Unable to meet the general manager's expectations, he had to ***walk the plank***.

他因為無法達到總經理的期望，所以被迫離職。

warm the cockles of sb.'s heart
使人內心歡喜
to make sb. feel good

這裡的 cockles 是一種「蛤殼」，而 cockles of sb.'s heart 則是「某人內心深處」的意思。你可能會覺得奇怪，為什麼這兩樣東西會有關聯呢？原來拉丁文中，有一種貝類稱為 cochleae，由於它的外型長得就像人類的心臟，拉丁文就以 cochleae cordis 稱呼心臟的「心室」。後來 cochleae 轉化為英文裡的 cockles，而 cockles of sb.'s heart 就被用來表示內心深處的感情。因此當西方人說 warm the cockles of sb.'s heart，指的就是**溫暖某人的心、讓某人感到開心**。

例 It ***warms the cockles of my heart*** when I see the pictures of his family. 看到他家人的照片讓我倍感溫馨。

warts and all 不加掩飾
with no attempt to conceal defects or imperfections

有些人到照相館拍照，希望攝影師能將洗出來的照片稍做修改，好讓自己看起來更賞心悅目；可是也有些人希望以最真實的方式呈現自己，毫不掩飾自己的缺點。歷史上最以強調「自然就是美」聞名的，恐怕是英國十七世紀的軍事政治家克倫威爾 (Oliver Cromwell) 了。他曾在知名畫家雷利 (Sir Peter Lely) 幫他畫肖像時要求：「…據實描繪你所看到的我，包括不平滑的地方、痘子、肉疣和所有你看到的一切 (...roughness, pimples, warts and everything as you can see...)，否則我不會付你一毛錢！」後來西方人就引用他的話，用

warts and all 表示**據實描繪一個人的好壞**。

例 The author tried to portray the president as he really was, ***warts and all***.

這個作者試圖不加掩飾地描寫總統真實的樣子。

wash sb.'s dirty linen in public
家醜外揚

to make public sth. embarrassing that should be kept secret

中國人對家家戶戶公開晾衣物、懸掛萬國旗的景象，似乎習以為常，然而對注重隱私的西方人而言，這可是相當不雅的行為！這裡的 linen 是指一種亞麻布製品，常被用來製作人們的貼身內衣褲。如果在公開場合洗滌或晾曬自己穿髒了的貼身衣物，會被認為是相當不合禮俗的行為，因此人們便用 linen 代指不宜在公開場合議論的事情，而「公開洗骯髒的內衣褲」也用來比喻**洩漏不宜公開的醜聞**。這句成語源於法文，引自拿破崙 (Napoleon Bonaparte) 於 1815 年結束在義大利厄爾巴島 (Elba) 的流亡生活後，回到法國時所說的話，直到 1867 年才出現在英文中，並廣為流傳使用。

例 No one knew that Emma was a drug addict because her family did not ***wash their dirty linen in public***. 沒人知道 Emma 是個有毒癮的人，因為她的家人不曾將家醜外揚。

wash sb.'s hands of 不再管某事

to withdraw from or refuse to be responsible for

這句成語的意思類似中文所說的「洗手不幹」，出自新約聖經《馬太福音》(*Matthew*)。當時猶太人要求巡撫彼拉多 (Pontius Pilate) 將耶穌 (Jesus) 釘死在十字架上，但彼拉多應他太太的要求，一再央求大家饒恕耶穌。但是猶太人的心意堅決，眼看就要為此引發暴動，彼拉多只好無奈地在處死耶穌之前，於眾人面前洗手，並告訴大家說：「我和這正義的人所流的血無關，罪該由你們承擔。」因此西方人就用 wash sb.'s hands of 表示**不再管某事**或**拒絕為某事負責**。

例 The teacher has done all he can for Judy, and now he is ***washing his hands of*** her. 這個老師已經為 Judy 盡心盡力，而現在他不再管她的事了。

wear sb.'s heart on sb.'s sleeve

坦率表達感覺

to show sb.'s feelings openly by his/her behavior

這句用語也可作 pin sb.'s heart on sb.'s sleeve，表示**坦率表達自己的感覺**，其起源和中世紀時未婚男女慶祝情人節的習俗有關。當時年輕男女將寫有自己名字的紙條放進盒子裡，再以抽籤方式選取自己的情人；男生必須把抽到的女生名字穿戴在衣袖上一整年，藉以明白表示自己一整年都是她的好情人。根據這個浪漫的習俗，當我們形容一個人很**坦白、率直**時，就會用「把某人的心穿在他/她的袖子上」表達。

例 She always ***wears her heart on her sleeve***. It's easy to see if she is sad or happy. 她總是很坦率地表達自己的感情，所以你很容易就知道她是在難過或高興。

wear the pants (in sb.'s family)

當家

to make decisions or control everything (in a family)

在十六世紀中期左右，西方也曾是男性威權的社會，男女的地位有著相當明顯的差別。比方當時的女性依習俗只能穿裙子，而代表權威的男性才能穿褲子，因此後人若想強調**某個家庭是女性掌權當家**，就會說她是「家裡穿褲子的人」。

例 Anyone can tell that she ***wears the pants in her family***.
誰都看得出來她在家裡是掌權的。

wearing/in sackcloth and ashes

深感懊悔

in a state of mourning or regret

這句用語中的 sackcloth 是指一種「粗麻布衣」，除了中國人有披麻戴孝的習俗外，其實古時的猶太人也有這種穿麻布衣的傳統。不同的是，他們只在表達哀悼或懺悔時，才會穿上這種令人不舒服的麻布衣，並在頭頂灑上灰燼。例如新約聖經《馬太福音》(*Matthew*) 就提到，耶穌呼籲哥拉迅 (Chorazin) 和伯賽大 (Bethsaida) 的人民，應該像推羅城與西頓城 (Tyre and Sidon) 的居民一樣，披麻蒙灰以示悔改。後來西方人就用「穿麻蒙灰」這句成語，來表示**相當悲傷、懊悔**。

例 She's been ***wearing sackcloth and ashes*** ever since she got married to David.
自從嫁給大衛後，她就一直感到相當後悔。

weasel words　推託之詞

statements that are intentionally misleading, ambiguous, evasive, or indirect

weasel 是「鼬鼠」，就是俗稱的「黃鼠狼」。如同中文俚語所說「黃鼠狼給雞拜年——不安好心」，這句和黃鼠狼有關的用語也具有負面含意，意思是**故意含糊其辭來推託責任**，或**說一些狡辯之辭讓人信以為真**。這句話最早出現在美國作家斯圖爾特 (Stewart Chaplin) 所寫短篇故事 *Stained-glass Political Platform* 中，裡面提到：weasel words 代表某些字本身的生命已經被「吸走」的詞句，它們毫無意義，就如同蛋汁已被黃鼠狼吸走，而僅存空殼的雞蛋一樣。到了 1916 年，美國前總統羅斯福 (Franklin D. Roosevelt) 引用書中的 weasel words，批評當時執政的總統威爾森 (Woodrow Wilson) 說話不實，這句俗語才開始廣為流傳。

例 When the thief was being questioned by the police, he tried to fool them with ***weasel words***.　當這個小偷被警方偵訊時，他試圖用一些含混之詞來愚弄警方。

wet behind the ears　乳臭未乾

naive and inexperienced

這句成語已有百年歷史，它的意思類似中文的「乳臭未乾」。由於剛出生的小動物或小嬰兒，沾有體液的身體都是濕答答的，而耳後又常是最慢變乾的部位，所以人們就用 wet behind the ears 形容**缺乏經驗的新手**或**涉世未深的人**。

例 He is still ***wet behind the ears*** and doesn't know very much at all about this company.

他仍是新手，所以對這家公司了解不深。

wet blanket 掃興的人

sb. who spoils the pleasure of others

當你發現有個地方起火或有火苗竄出時，你會怎麼做呢？有個重要的滅火方法，就是用一塊浸了水的濕毯子將尚未蔓延的火苗悶住、壓滅，以防止火勢繼續擴大。正因為如此，當西方人遇到**掃興**或**煞風景的人**，就會說他好比一張「濕毯子」，一下子就把別人的熱情給澆熄了。

例 Frank is such a ***wet blanket*** with that worried look on his face and his boring talk. Frank 真是個煞風景的人，因為他老是愁眉苦臉，而且言談又無趣。

wet sb.'s whistle 喝酒

to have a drink, especially alcohol

whistle 指的不是「哨子」，而是「嘴巴或喉嚨」。因為乾燥的嘴唇很難吹口哨，所以「弄濕哨子」其實是指弄濕嘴巴以便吹出聲音；由於喝水或飲料時也會把嘴巴弄濕，久而久之，人們就俏皮地用「弄濕哨子」表示**解渴（尤指喝酒）**。

例 John and I decided to stop by a bar to ***wet our whistles*** after work. 我和 John 決定在下班後去酒吧喝酒。

wheels within wheels 事有玄機

complex interacting processes, agents, or motives

所謂「輪中之輪」，本是舊約聖經《以西結書》(*Ezekiel*) 記載的一個特殊景象。傳說耶和華 (Jehovah) 的神靈降臨在以西結身上時，天空出現輪子中間套著輪子 (a wheel in the middle of a wheel) 的奇異現象，而這個特殊的天文景觀，有時在日落時分的美索不達米亞平原上也看得到。後來西方人引用聖經中的記載，將 wheels within wheels 比喻為一些**錯綜複雜、內容帶有玄機的事情**。

例 Her refusal to have dinner with you doesn't necessarily mean that she doesn't like you; there are ***wheels within wheels***. 她不跟你共進晚餐並不一定表示她不喜歡你。事情沒那麼簡單。

when pigs fly 這事不可能發生

things that will never happen

若有人對你說「這件事要發生，除非豬會飛！」，那就表示他認為這件事發生的機率就像「太陽從西邊出來」一樣是零！因為豬給人的印象一直都是懶洋洋、行動遲緩的樣子，若要牠們沉重的身子輕盈地飛上天，簡直是天方夜譚！在十七世紀時，這句話開始出現在蘇格蘭成語裡；不過它真正被普遍使用，是因為《愛麗斯夢遊仙境》(*Alice's Adventures in Wonderland*) 裡曾提到「如果豬有翅膀，牠們現在就能飛了。(Pigs could fly if they had wings.)」因此當我們要強調**某件事不可能發生**時，就會使用這句話。

例 "Do you think that your sister will be successful?"

"***When pigs fly***, she will."

「你認為你妹妹會成功嗎？」
「除非豬會飛時才有可能。」

whipping boy　代罪羔羊
sb. punished for sb. else's mistakes

whip 是指「鞭打」，而這裡「受鞭打的男孩」，則喻指**替別人承擔過錯的代罪羔羊**，它的由來和以前皇室的傳統有很大的關係。從前歐洲有許多王室會在年輕王子的身邊安排一些平民男孩伴讀，這些男孩除了伴讀之外，還有另一項責任：當王子犯了錯卻因為其尊貴身分不能挨打時，他們必須代為接受鞭打懲罰，以作為王子行為的警惕，也因此他們被稱為 whipping boys。雖然在十七世紀後的皇室就不再出現這些可憐的 whipping boys，但人們還是用這個片語比喻代人受過，並廣泛使用於日常生活中。

例　The manager used to be the ***whipping boy*** during his early days at the company.
這個經理早期在公司裡常被當作代罪羔羊。

white elephant　花錢又費事的東西
a possession that is a financial burden to maintain

這句成語出自泰國國王送白象給失寵大臣的慣例。白象在泰國是稀有且珍貴的動物，飼養白象是種累贅，因為牠不僅不能幫忙工作，又必須花費更多的錢照料，一般人根本養不起。泰王如果討厭某個臣子，就會把白象當禮物送他，因為他知道臣子很可能會為了照顧白象而破產。由於這個慣例，我們便用「白象」表示**某個花費大卻無用的東西**。

例 The town's new recreation center, recently completed at a cost of ten million NT dollars, seems likely to prove a ***white elephant***. 城裡剛完工的育樂中心花了千萬臺幣建造，但似乎沒那個價值。

white lie 善意的謊言

a lie told to spare feelings or to express politeness

這句話就字面上解釋是「白色謊言」，你可能會覺得奇怪，謊言怎麼會有顏色的分別呢？「白色」在英美文化中，大多代表著純潔、單純和善良，因此新娘的婚紗禮服是白色的，濟世救人的醫師制服也是白色的。從這個角度思考，可以聯想到這裡的白色謊言，是一種較「好」的謊言，也就是**無傷大雅的謊言**或**善意的欺騙**囉！

例 She asked me what I thought of her speech, and of course I told a ***white lie***.

她問我對她演說的看法，而我當然說了一個善意的謊言。

whole ball of wax 一切事物

all related things

這句成語源於十七世紀英國一項有關房地產繼承的慣例。當時法律規定，所有合法繼承人必須經由抽籤決定分得的房地產。首先法官將分好的房地產範圍寫在小紙片上，然後將這些紙片用蠟包好，揉成一粒粒小球，放在帽子裡讓繼承人抽。如果繼承人對自己抽到的籤不滿意，那麼無論籤裡寫什麼，對他來說都只是一團蠟球罷了，於是人們就用「整個蠟球」強調**每件事情**或**一切事物**。其他含意相同的用語還有 the whole enchilada：字面解釋是「整個玉米捲餅」，這種捲餅裡面包含多種配料，所以也被用來強調 everything；the whole kit and caboodle：kit 是指整套工具，caboodle 則是一堆物品或一群人，所以這句用語也是用來強調「全部」。

例 She does the ***whole ball of wax*** to reduce the economic pressure of her family.　她盡全力減輕家裡的經濟壓力。

whole new ball game　新局勢

a completely different situation

ball game 是指在美國相當受歡迎的棒球比賽，而這句用語最早是由球賽實況播報員使用。每當球賽因某一方球員得分而扭轉整個局勢，這些播報員就會用「一個全新的比賽」描述情勢已經逆轉，於是人們在口語中也沿用這句話，表示**情況完全不同**或**局勢已完全改觀**。

例 It would be a ***whole new ball game*** if he could come to help you.　如果他能來幫你，那麼局勢將完全改觀。

(the) whole nine yards

全部相關物品

everything that is relevant; the whole thing

這句成語的意思是**所有相關的物品**或**整個東西**，它的真正來源到目前為止還是眾說紛紜 。 有人說 yard 是長度單位「碼」，而要製作一套三件式的男裝，需要用到整整九碼長的布料（可參考 dressed to the nines）；也有人說 the whole nine yards 是指水泥攪拌車所能容納混凝土的最大容量；另外有人就時間上推測，認為這句用語和二次大戰時的戰鬥機有關。

因為戰機上機槍的彈帶剛好是九碼長，當飛行員全力攻擊某個目標時，就會用「get it the whole nine yards」表示火力全開。也有人認為 yard 是指船的「帆桁」。以往橫帆式的船隻有三個桅桿，每個桅桿有三個帆桁，所以整艘船要靠 the whole nine yards 行駛。無論這句成語的來源為何，當要強調「全部、全體」時，就會用 the whole nine yards 表示。

例 My sister decided to take everything to the dormitory—her books, her stereo, her computer, her dictionaries, ***the whole nine yards***. 我妹妹決定把所有東西都帶到學生宿舍，包括書、音響、電腦、字典等相關物品。

wild-goose chase 徒勞之舉

a hopeless or foolish quest or pursuit

如果你以為「野雁的追逐」這句成語是在介紹野雁生態，那可就大錯特錯了！其實這句話類似中文所說「白忙一場」，更有趣的是它還是十六世紀某種馬術競技的名稱呢！當時這種競賽規定，騎師必須跟著第一隻馬跑的路線來比賽，一個緊接著一個，帶頭者會選擇最困難的路線來前進，如果脫隊就算失敗，因此整個隊伍看起來就像野雁群飛行時的模樣，而這也是為什麼這種比賽被稱為 wild-goose chase。由於對旁觀者而言，這種競技就像是漫無目的的追逐，既沒有獵物在前方，最後也沒有輸贏之分，於是人們就將這句話引申為**白費力氣的追求**或**徒勞之舉**。

例 The police have been on a ***wild-goose chase***, looking for a man who may already be dead.

警方持續尋找一個可能死亡男性的舉動，是白費力氣。

win sb.'s spurs

聲名大噪

to win fame or honor through hard work or some special accomplishment

spur 是「馬刺」，也就是騎士靴子後跟上的刺狀物。中古時期的歐洲騎士制度相當盛行，貴族出身的小男孩會被送去當見習騎士 (page) 和騎士隨從 (squire)， 等到在戰場上立了功，就會被統治者封為騎士 (knight)， 並獲賜一副鍍金的馬刺。因此當我們說「贏得馬刺」，就表示**某人因努力**或**出色的表現，而獲得名聲及榮譽**。

例 Thomas Edison ***won his spurs*** as an inventor while rather young. Thomas Edison 在還很年輕的時候，就已經以發明家的身分聲名大噪。

wing it

隨機應變

to do sth. without plans or preparation

wing 在這裡指「舞臺側邊」。在十九世紀時，舞臺劇演員若是在還沒背好臺詞的情況下上臺表演，就必須靠躲在舞臺兩側的人給他們提示，才能順利演出。於是 wing it 就被引申為**沒有充分準備的即席演出**，或指**隨機應變**。

例 He had not prepared for this speech at all; he was just ***winging it***.

他並沒有為這場演講做準備，這完全是靠隨機應變。

wipe the slate clean

一筆勾銷

to have another chance to wipe out old offenses or debts

slate 是「石板」，而「把石板擦乾淨」則是比喻**將以往的過錯、債務一筆勾銷**，或**與別人盡棄前嫌**。以往酒館老闆會在櫃臺後準備石板，方便記錄顧客的消費金額，一旦顧客將錢結清，老闆就會將這個帳目擦掉。後來 slate 被用來象徵「過去一些不好、不愉快的紀錄」，而 wipe the slate clean 就引申為忘卻這些不好的事，重新開始。

例 Let's ***wipe the slate clean*** and forget our past quarrels.

讓我們盡釋前嫌，忘記過去的爭執吧！

with a grain/pinch of salt

存疑

with skepticism, suspicion, and caution

根據古羅馬作家普林尼 (Pliny the Elder) 所述，格奈烏斯・龐貝 (Pompey) 是當時著名的將軍及政治家，因為怕國王在宴請自己的酒菜裡下毒，他調配了一種解毒劑，其中一個步驟就是「with a grain of salt」(加一撮鹽)。後來當我們**對某種說法持懷疑態度**，或**對某件事的看法有所保留**，就會用 with a grain of salt 表示。

例 We take David's predictions ***with a grain of salt***.

我們對 David 的預測持懷疑態度。

wolf in sheep's clothing

披著羊皮的狼

sb. who cloaks a hostile intention with a friendly manner

這個成語是用來形容**口蜜腹劍、笑裡藏刀的人**，源於《伊索寓言》(*Aesop's Fables*)。故事描述一隻披著羊皮的狼，因為騙過牧羊人而成功地混進羊群裡，沒想到後來牧羊人在挑選作為晚餐的羊時，竟陰錯陽差地把這隻狼給殺了。後來新約聖經 《馬太福音》 (*Matthew*) 中也記載，耶穌 (Jesus) 在告誡門徒時曾說：「你們要防備假的先知，他們到你們這裡來，外面披著羊皮，裡面卻是殘暴的狼。(Beware of false prophets, which come to you in sheep's clothing, but inwardly they are ravening wolves.)」 後來當我們形容**面善心惡的人**， 就會說他像是隻「披著羊皮的狼」。

例 After a series of incidents, she realized that he was a ***wolf in sheep's clothing***.

經過一連串的事件後，她才了解他是隻披著羊皮的狼。

worth sb.'s salt 稱職

of substantial or significant value or merit

綜觀歷史，「鹽巴」這個現今不可或缺的日常用品，一直有著它獨特的地位。在以往製鹽技術尚未發達的時代，要取得鹽巴相當不容易；同時由於冰箱發明之前，只能依賴鹽巴來保存食物，更讓鹽的地位水漲船高。在古羅馬社會，他們甚至將鹽當作一種流通的貨幣，士兵的部分薪資也用鹽巴支付。worth sb.'s salt 其實就是 worth sb.'s salary，表示某人**工作稱職**，值得老闆付他這些薪資。也因為如此，當我們說某人是 the salt of the earth「地球上的鹽巴」時，就表示他是社會的中堅分子，具有重要地位。

例 No judge ***worth his salt*** would attempt to influence the jury.　一個稱職的法官不會企圖影響陪審團。

writing/handwriting on the wall

凶兆

an omen of sb.'s unpleasant fate

這句成語取自舊約聖經中《但以理書》(*Book of Daniel*)第五章的故事。故事裡巴比倫最後的國王伯沙撒王(Belshazzar)，拿出從耶路撒冷神殿偷來的器皿盛裝酒菜款待大臣，就在大家酒足飯飽之際，忽然有隻手出現，並開始在牆上寫字，大家雖然嚇壞了，卻不知道這些字的意義。後來經過伯沙撒王的俘虜但以理的翻譯，才知道這是神預告巴比倫王國氣數已盡的訊息，而果真如牆上的預言所說，當天晚上伯沙撒王就被殺死了。後來當我們要表示某個**凶兆**出現時，便會說它是「寫在牆上的字」。

例 My brother thinks of his falling from his bicycle as the ***writing on the wall*** for the coming relay race.

我弟弟認為他從腳踏車上摔下來，對即將到來的接力賽是個不祥之兆。

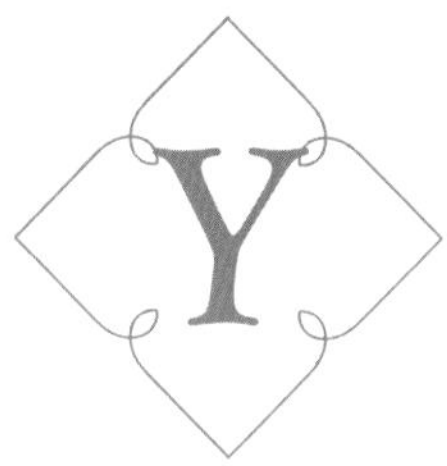

★yellow journalism/press

yellow journalism/press 八卦新聞

journalism that exploits or exaggerates the news to create sensations and attract readers

這裡的「黃色新聞」，你可千萬別以為是指有「養眼」圖片的色情書刊，其實它指的是一些**譁眾取寵或聳人聽聞的書刊報導**。在十九世紀末，美國紐約掀起了兩家報社的競爭。當時約瑟夫・普立茲 (Joseph Pulitzer) 所辦的《紐約世界報》(*The New York World*)，和另一報業鉅子威廉・赫茲 (W. Randolph Hearst) 發行的《紐約日報》(*The New York Journal*) 競相將漫畫「Yellow Kid」的畫者理查德・奧特考特 (Richard F. Outcault) 挖角到自己的報社；且為了增加銷售量，他們將一些社會新聞加以誇大、渲染，甚至編造不實的新聞來吸引讀者，造成新聞界惡性競爭的歪風。因為「Yellow Kid」掀起的浪潮越演越烈，所以後來的人就用 yellow journalism 來統稱一些聳動的八卦新聞。

例 Ridiculous reports like that can only be found in the ***yellow journalism***. 只有八卦新聞才有那種荒謬的報導。

單元測驗VWY

I. True or False

T F 1. A *wolf in sheep's clothing* is somebody who likes to tell jokes.

T F 2. If you are *wet behind the ears*, you are in a state of mourning or regret.

T F 3. If somebody *washes his/her hands of*, he/she is willing to take responsibility.

T F 4. To *walk the plank* means being forced to resign.

T F 5. A *wet blanket* is somebody who discourages others from having fun.

II. Multiple Choice

Choose the best answer to complete each sentence.

( ) 1. The speaker had not prepared for this issue; he was just ______.

(A) whistling for it (B) winging it

(C) wearing the pants (D) wetting his whistle

( ) 2. This newspaper is not worth reading because it's full of ______, which is(are) hardly educational and informative.

(A) wages of sin (B) white elephants

(C) yellow journalism (D) white lies

( ) 3. Susan is the one who ______ in her family; she likes to control everything.

(A) wears the pants

(B) wears her heart on her sleeve

(C) walks the plank

(D) washes her dirty linen in public

( ) 4. The baseball player has ______ as a Major League Baseball player.

(A) washed his hands

(B) wasted her money

(C) worn sackcloth and ashes

(D) won his spurs

( ) 5. People usually prefer to tell a ______ to cruel truth.

(A) wet blanket (B) white lie

(C) whipping boy (D) white elephant

III. Fill in the Blanks

Choose from the phrases listed below and fill in each blank with a proper answer.

(A) **washed his dirty linen in public**	(D) **whole ball of wax**
(B) **a viper in your bosom**	(E) **whipping boy**
(C) **with a grain of salt**	(F) **wet my whistle**

1. She lost her job, her family, her health, the ______.
2. After a long day of work, I just want to ______ in the pub.

3. Everyone in the school knew that the teacher had divorced his wife because he ______.
4. I am always the ______ when things don't go well at the company.
5. You should take what you see on the Internet ______.
6. She has a history of child abuse, but you still hire her as the babysitter. You are nourishing ______.

Answers

I. 1. F 2. F 3. F 4. T 5. T

II. 1. B 2. C 3. A 4. D 5. B

III. 1. D 2. F 3. A 4. E 5. C 6. B

索 引

從身旁事物開始學習的生活英語

古藤晃 著／三民英語編輯小組 譯

每天食、衣、住、行所接觸到的事物，你知道如何用英語表達嗎？

- 全書分為「屋內篇」、「屋外篇」、「外出篇」三個部分，囊括食、衣、住、行、等生活化主題。
- 各主題由「Vocabulary」、「用英語說說看」、「你應該要知道」、「須注意的英語」等4個部分組成。除了日常生活相關主題的單字與例句外，還細心說明字與字之間的差異及應該注意的地方。
- 精美的圖片與單字對照，讓單字好理解、好記憶，英語學習變得更有趣。

讓你掌握日常生活語彙的同時，更有效加強你的會話實戰能力！